# SF 보다

Vol.4 그림자

초판 1쇄 발행   2024년 10월 8일

지은이   해도연 김혜빈 김이환 이종산 돌기민
기획   문지혁 심완선
펴낸이   이광호
주간   이근혜
편집   김필균 윤소진 이주이 허단 유하은
마케팅   이가은 최지애 허황 남미리 맹정현
제작   강병석
펴낸곳   ㈜문학과지성사
등록번호   제1993-000098호
주소   04034 서울 마포구 잔다리로7길 18
전화   02-338-7224
팩스   02-323-4180(편집) / 02-338-7221(영업)
대표메일   moonji@moonji.com
저작권 문의   copyright@moonji.com
홈페이지   www.moonji.com


ISBN 978-89-320-4326-5 03810

Vol.4 그림자

# SF 보다

해도연

김혜빈

김이환

이종산

돌기민

차
례

# 하이퍼-링크hyper-link

걸어 다니는
그림자(들)의 세계*

문지혁(소설가)

그림자란 무엇일까?

문자 그대로의 그림자는 물체가 빛을 차단할 때 생기는 어두운 모양이다. 불투명한 물체에 의해 빛이 가려질 때마다 발생하는 물리적 현상. 따라서 우리가 생각하는 그림자는 흔히 검고 어둡고 숨겨진 무엇이다.

이러한 그림자의 속성은 미스터리나 공포, 예감, 전조 등을 상징한다. 인물에게 적용되면 심리적으로 억압된 약점, 본능, 욕망 같은 무의식을 나타낸다. 불행이나 근심으로 어두워진 마음이나 불우한 환경을 뜻하기도 한다. 비유적으로는 환상이나 비밀, 보이지 않는 곳에 숨어 있는 미지의 존재를 함의하며, 어떤 대상과 분리되기 어렵거나 늘 붙어 다니는 것을 지칭할 때도 있다. 그림자는 그 형체와 종류만큼이나 어느 하나로 고정되어 있지 않은, 풍부하고 다면적인 개념이다⋯⋯

하지만 내가 가장 좋아하는 그림자에 관한 말은 마틴 루터 킹 주니어의 것이다.

"우리가 보는 모든 것은 보이지 않는 것에 의해 드리워진 그림자다."

## link #01: 그림자는 존재한다

그림자를 이해하는 데 있어 가장 중요한 출발점은 어쩌면 그것이 '존재한다'는 점일 것이다. 그림자는 단순히 빛이 벗어놓고 간 외투에 불과하지 않다. 그 외투가 존재한다는 바로 그 사실이 외투의 주인을 떠올리게 만든다면 더욱 그렇다.

제목이 곧 스포일러나 다름없는 아델베르트 폰 샤미소의 환상소설 『그림자를 판 사나이』에서 주인공 슐레밀은 악마에게 자신의 그림자를 팔아넘긴 대가로 무한한 재물을 갖게된다. 그는 세상의 모든 부와 호사를 누리지만, 정작 그림자가 사라지자 태양 아래 자유롭게 다니지 못하고 사회로부터 소외된 삶을 사는 운명을 맞는다. 소설이 우리에게 넌지시 일러주는 진실은 이런 것이다. 그림자는 일종의 존재 증명이며, 그림자가 사라지는 순간 우리는 '투명 인간'이 될 수밖에 없다는 것.

펄프 매거진 시대에 등장한 영웅, '더 섀도The Shadow'는 어떨까. 그는 분명 존재하지만 사람들의 마음을 흐리게 하는 '최면술의 힘'을 지니고 있어 눈에 들어오지 않는다. 없는 것이 아니라, 있는데 보이지 않는 것이다. 그가 습관처럼 내뱉는 말, "그림자는 알고 있다The Shadow knows"는 미국에서 일종의 관용구가 되기도 했는데, 이때의 그림자는 대문자 '더 섀도The Shadow'를 가리키는 것이면서 동시에 소문자 그림자 shadow이기도 할 것이다. 모든 그림자는 알고 있다. 외투의 주인이 벌이고 생각하고 움직이는 일들을. 그런 의미에서 그림자는 존재의 블랙박스이자, 존재 그 자체이기도 하다.

## link #02: 그림자는 상호작용한다

그림자가 단순히 존재의 충실한 관찰자이자 기록자이기만 한 것은 아니다. 그림자는 종종 좀더 적극적으로 존재에 개입하거나, 존재와 관계를 맺거나, 역할을 바꾸거나, 더 나아가 존재의 자리를 대체한다.

마크 트웨인의 『왕자와 거지』에서 헨리 8세의 아들 에드워드 튜더와 술주정뱅이 거지의 아들 톰 캔티는 서로 다른 사람이다. 그러나 둘은 한날한시에 태어났다는 것과 (우연의 일치로) 거울상처럼 똑같이 생겼다는 공통점을 지니고 있다. 어느 날 '재미 삼아' 옷을 바꿔 입은 그들의 운명은 완전히 다른 방식으로 멀어졌다가, 마지막에 가서야 제자리를 찾는다. 로버트 루이스 스티븐슨의 『지킬 박사와 하이드 씨』에서 이 거울상, 혹은 존재-그림자 쌍은 한 사람 안에 자리 잡고 있다. 헨리 지킬 박사는 인간의 내면에 존재하는 선과 악이라는 두 가지 본능을 분리해내는 화학 약물을 만들어내는 데 성공하여(19세기 사람들이 생각했던 과학이란!) 자기 안에 그림자처럼 존재하던 악한 인격 에드워드 하이드를 발현시킨다. 독자의 우려대로 하이드는 점점 커지고 강해져서, 나중에는 통제 불능의 상태에까지 이른다. 그림자가 존재를 잡아먹을 지경에 이르게 되는 것이다.

닌텐도의 대표적인 게임 프랜차이즈 〈젤다의 전설〉 시리즈의 무대는 '하이랄'이라 불리는 왕국이다. 그런데 닌텐도 3DS용으로 출시된 〈젤다의 전설: 신들의 트라이포스 2〉에서 주인공 링크는(그렇다, '초록색 옷 입은 개'는 젤다가 아니다) 그림 속에 봉인된 공주 젤다와 일곱 명의 현자를 구하기 위해 '로우랄'이라는 어둠의 세계로 들어가야만 한다. '로우랄'은 '하이랄'의 그림자 세계로, '하이랄'에 있는 모든 것이 다른 형태로 존재한다(심지어 '로우랄'의 공주 이름은 '힐다'다). 게임은 두 세계를 오가면서 진행된다. '하이랄'에서 벽에 부딪히면 링크는 '로우랄'로 건너가 이를 해결하고, 다시 '로우랄'에서의 사건이 '하이랄'에서의 변화로 이어진다. 빛과 어둠, 존재와 그림자는 이처럼 '링크'되어 있다.

**link #03: 그림자는 세계다**

그림자가 ① 존재하고 ② 상호작용한다는 말은 어떤 면에서 인류가 특정한 성별이나 인종, 장애나 소수자를 차별하고 발견해온 역사를 반영하는 것처럼 들린다. 말하자면 이런 식이다. 여자도 사람이다, 흑인과도 대화할 수 있다, 장애인도 우리와 똑같은 사회의 구성원이다……

하지만 이게 다일까? 여기가 끝일까?

그렇지 않다.

그림자를 종속적이거나 부차적인 것으로 생각하는 한 우리는 새로운 그림자를 그려볼 수 없다. 성별과 인종, 장애와 계급, 소수자와 국외자에게 그런 것처럼. 나는 아예 이렇게 주장하고 싶다. 세계는 사실 그림자로 이루어져 있다고. 그림자 말고는 아무것도 없다고. 그림자가 전부라고.

이제는 상식의 영역에 속하게 된 사실, 우리가 사는 이 우주의 95퍼센트가 우리가 볼 수도 만질 수도 없는 암흑 물질과 암흑 에너지로 이루어져 있다는 것은 그림자가 왜 전부인지에 관한 과학적 근거다. 우주 전체를 뭉치게도 하고 갈라지게도 하는 이 신비한 영향력에는 아무 이름이 없고, 솔직히 말하면 우리는 그게 뭔지도 모른다. 그렇다면 역사를 통틀어 끊임없이 창작되어온 유토피아와 디스토피아 이야기(심지어 토머스 모어 이전부터)는 어쩌면 같은 사실에 관한 문학적 근거가 아닐까?

유토피아란 존재하지 않는Ou 곳Topos이고, 디스토피아란 유토피아에 '나쁨'을 뜻하는 라틴어 접두사 'Dys'를 붙인 것이다. 따라서 디스토피아는 잘못된 유토피아, 유토피아의 어두운 뒷면, 유토피아의 그림자가 된다. 하지만 '없는 곳의 뒷면'이란 대체 어떤 모습일까? 그림자의 그림자일까? 두 번 부정하면 그것은 긍정이 된다. 존재의 그림자가 다시 그림자를 드리우면 그것은 존재 자체가 된다. 수많은 디스토피아

서사가 결국 오늘 우리의 얼굴과 같다는 것은 어쩌면 필연적일 것이다. 종이책이 금지된 레이 브래드버리의 『화씨 451』, 섹스와 젠더에 관한 어슐러 르 귄의 『어둠의 왼손』, 투명한 회색빛 절망의 길을 걷는 코맥 매카시의 『로드』, 환경 파괴와 유전자 조작을 다루는 마거릿 애트우드의 『오릭스와 크레이크』, 기후 위기와 Cli-Fi, 〈메이즈 러너〉 〈헝거 게임〉 〈다이버전트〉 시리즈 같은 9·11 이후의 영어덜트 디스토피아, 팬데믹 이전의 『멋진 신세계』와 이후의 『1984』…… 여전히 계속해서 그려지고 있는 유토피아와 디스토피아의 그림자는 끝내 지금 여기 우리 자신의 초상을 닮아간다.

## outro

결국 우리가 쥔 것은 그림자뿐이다. 우리가 자신이라고 부르는 존재조차 실은 앞선 누군가의 그림자에 불과하니까. 우리의 생각도, 사유도, 선택도, 생김새와 목소리도, 질병과 수명과 유전자도, 지나온 과거와 다가올 미래도, 누구에게나 공평한 사회적 – 생물학적 종말도. 여기서 벗어날 수는 없다.

너무 비관적인가?

그렇다면 이렇게 생각해보는 건 어떨까.

당신이 이제부터 읽게 될 이야기들도 궁극적으로는 그저 실재의 그림자에 불과하지만, 그 그림자를 통해서만 우리는 실재가 무엇인지 비로소 보게 된다고. 종이라는 빛 위에 새겨진 글자라는 그림자를 통해서만 우리는 암흑의 우주를 만지고 감각할 수 있다고. 진실은 언제나 '로우랄'의 세계에만 존재하고, 그렇다면 당신은 기꺼이 그림자의 세계를 방문해야만 한다고.

다시 마틴 루터 킹의 말로 돌아간다.

"우리가 보는 모든 것은 보이지 않는 것에 의해 드리워진 그림자다."

나는 이어 말한다.

"우리는 그림자다."

* 윌리엄 셰익스피어의 「맥베스」 5막 5장의 대사를 인용 및 변형.
"Life's but a walking shadow."

# 오 마이 크리스타

해도연

**1**

크리스 마라는 인구 백만 명 정도의 작은 나라인 맨저리에서 태어났다. 맨저리는 3천만 년 전까지 얕고 따뜻한 바다였고 산호초 생태계가 풍성했던 덕분에 오늘날에는 달콤한 포도와 최고급 석회암으로 유명하다. 크리스의 어머니는 그곳에서 부자들을 위한 석회암 묘당을 만드는 일을 했는데, 크리스는 어머니 몰래 집 마당에 있던 견본용 묘당에 들어가 두꺼운 돌문을 닫고 시원한 그림자 속에서 지내는 걸 좋아했다. 우연히 자신이 강간을 통해 태어났다는 사실을 알게 되었을 때는 평생 죽은 것처럼 지내기로 다짐하고 묘당 속에 은둔하기도 했지만, 어머니가 강간범을 석재 절단기로 직접 죽였다는 사실을 알려주자 3일 만에 다시 바깥으로 나왔다. 마을에서는 꽤나 유명한 미제 실종 사건이었다 보니 크리스는 어머니의 고백을 평생 비밀로 하겠다고 약속했다. 어머니는 약속의 증표라며 절단기에 끼어 있던 허벅지 뼈 파편으로 만든 십자 장식이 달린 펜던트를 크리스의 목에 걸어주고 시체를 묻은 곳에서 자란 포도나무의 열매로 만든 포도주 한 잔을 따라줬다. 크리스는 그때 술을 처음 마셨고, 완전히 새로운 존재로 다시 태어난 느낌을 받았다. 그 순간의 희열을 잊지 못한 크리스는 이후로도 삶을 변화시킬 사건을 항상 기대하고 바라보며 살아가게 되었다. 크리스의 어머니는 딸이 열아홉 살이 되던 해 여름 어느 아침에 잠에서 깨어나지 않고 편안한 모습으로 세상을 떠났다. 어머니의 마지막 모습이 너무나 평화롭고 사랑스러웠기에 크리스는 삶의 변화는커녕 슬픔마저도 느끼지 못했다. 크리스는 자신이 숨어들곤 했던 견본 묘당 밑에 어머니를 묻다 포도 농장을 모두 태워버린 다음 미국으로 떠났다.

미국에서도 많은 일이 있었지만 크리스의 삶에 그리 대단한 영향을 남기지는 못했다. 수학과 과학을 공부해 물리학자가 되었다는 것 말고는 딱히 의미 있는 변화는 없었다. 남자도 만나고 여자도 만나봤지만, 삶의 중심 혹은 그 근처에 둘 만한 가치가 있는 사람은 만나지 못했다. 심지어 미국에서 내전이 터졌을 때도 크리스는 평소와 크게 다르지 않은 일상을 보냈다. 전쟁이 끝난 후, 크리스가 일하던 연구소는 그동안의 성과와 건물, 주변 부지까지 모두 동아시아에서 활동하는 어느 기업에게 넘어갔다. 크리스에게는 아무래도 좋았다.

서른네 살이 되던 해 어느 날, 크리스는 평소처럼 어머니가 준 펜던트를 반쯤 담근 포도주를 마시고 있었다. 왠지 그렇게 마시면 어머니와 약속을 하던 날이 떠오르기 때문이었다. 오랫동안 이어진 습관이라 새하얗던 십자 장식이 어느새 오래된 나무처럼 짙은 적갈색 얼룩으로 물들어 있었다. 잔을 모두 비우고 펜던트를 휴지로 닦고 있을 때, 연구소를 매수한 기업 관계자가 크리스의 집을 찾아왔다. 그는 크리스에게 아주 특별한 임무가 부여되었다는 소식을 전하고는 당장 집을 챙겨 임시 근무지로 떠나야 한다고 말했다. 최종 근무지는 3년 후에 출발 예정인 아광속 우주선 에드위나호였다.

에드위나호의 임무는 태양계 외곽에서 발견된 블랙홀 닉스Nyx를 탐사하는 것이었고, 크리스는 에드위나호의 과학 고문이었다. 닉스는 우주 탄생과 동시에 생겨난 원시 블랙홀이 수십억 년 전에 우연히 태양의 중력에 포획된 것이었고, 우주의 진화를 결정한 원시 암흑 물질을 137억 년 전 모습 그대로 갖고 있을 가능성이 있었다. 에드위나호는 이 암흑 물질을 수집하고 연구할 예정이었다. 크리스는 드디어 자신의 삶에 다시 한번 의미 있는 변화가 일어나고 있다고 생각했다.

하지만 아직 아니었다. 3년 뒤 에드위나호가 출발하고 아광속으로 2년 동안 비행한 다음, 원시 블랙홀 닉스에 도착하고 나서도 별다른 일 없이 시간만 흘러가자 크리스는 따분해 미칠 지경이었다. 지구에서 6백억 킬로미터나 떠나왔다. 닉스 주변에는 마이크로 헤일로라고 부르는 암흑 물질 밀집 구역이 있었는데 이 헤일로의 반경만 해도 7억 5천만 킬로미터로, 태양에서 목성까지의 거리와 비슷했다. 그리고 에드위나호는 닉스에서 고작 6천만 킬로미터 떨어진 곳에 있었다. 그러니까 크리스는 원시 암흑 물질의 그림자 속에 이미 들어와 있는 것이나 마찬가지였다. 하지만 이런 놀라운 곳까지 와서 크리스가 하는 일이라고는 선내 실험실에서 암흑 물질 채집기를 주기적으로 점검하는 것이 전부였다. 닉스는 원시 암흑 물질을 주변에 잡아두기만 할 뿐, 아무것도 빨아들이지 않았기에 눈에 보이지도 않았다. 암흑 물질은 암흑 물질이기에 보이지 않았다. 손바닥만 한 창문 너머로 보이는 건 고향 맨저리에서 보던 밤하늘과 그리 다르지 않았다. 차라리 견본 묘당 안에서 죽은 척 누워 있던 게 더 재미있었던 것 같다고 크리스는 생각했다.

본격적인 변화의 조짐은 닉스 도착 후 6개월이 지난 시점에 나타났다.

## 2

"우주선에서 시체를 찾았다고요?"

크리스는 상담사의 눈을 바라보며 고개를 끄덕인다. 그러고는 상담실 방문자용 사탕 두 알을 입에 넣고 곧장 깨물어 부순다. 상담실은 빠르게 돌아가는 인공중력 모듈 중에서도 중력과 소음, 온도, 조명이 지구와 가장 비슷한 곳에 있다. 마치 지구로 이어진 웜홀처럼 느껴진다. 닉스의 검은 그림자에 뛰어들어 지구로 돌아온 것만 같다. 상담사가 직접 따라 준 홍차의 수면 가장자리조차 표면장력과 중력의 절묘한 조화를 보여주며 지구를 떠올리게 한다. 블라인드 사이로 새어 들어오는 빛은 우주선 표준 시간에 맞게 색온도와 각도가 조율되어 있어 진짜 태양 빛과 구분할 수 없을 정도다. 지금 당장 창문을 열고 나가면 어머니의 묘당이 그림자를 드리우며 빵과 포도주를 준비하고 기다릴 것만 같다. 좀 더 자주 올 걸 그랬어. 크리스는 침이 혓바닥 아래에 고이는 반가운 감각을 즐기며 생각한다. 이내 반쯤 녹은 사탕 조각을 모두 삼키고 말한다.

"수백억 킬로미터 바깥으로 나온 우주선에 어울리는 물건은 아니죠. 그거에 비하면 태양계 원시 블랙홀 탐사선에 있는 상담사는 비 오는 날 무지개처럼 자연스러운 것 같네요."

"크리스. 전 승무원들이 우주적 고립을 견딜 수 있도록 돕기 위해 여기에 있어요. 아무도 제 고립감을 해결해주지는 않지만요."

크리스는 상담사의 시선이 잠깐 동안 자기 어깨 너머를 넌지시 향했다가 다시 돌아오는 걸 바라본다. 마치 누군가와 눈을 마주치기라도 한 것처럼. 크리스는 상담사 뒤에 걸려 있는 거울로 자기 뒤편을 슬쩍 살펴보지만 아무것도 없다. 상담사에게도 상담사가 필요한 걸지도. 크리스는 상담사에게 사탕 한 알을 까서 건네주려다 그만둔다.

"그런데 지금 크리스의 모습은 고립된 심우주에서 시체를 발견한 사람이라기엔 너무 담담해 보이는데요?"

"어릴 때부터 무덤이랑 친해서요. 시체를 묻어둔 땅 위에서 노는 게 일상이었죠. 그러는 상담사 선생님도 제가 시체를 발견했다는데도 표정 변화가 하나도 없네요."

"오. 크리스. 제가 지금까지 수많은 사람의 상담을 해오면서 얼마나 다채로운 이야기를 들었는지 상상도 못 할 거예요. 그런데 그것보다, 시체를 발견했다면 상담실에 올 게 아니라 선장을 찾아가는 게 좋지 않을까요? 박 선장을 불러드릴까요?"

"아뇨. 그럴 순 없어요."

"왜죠?"

"시체는 선장과 부선장, 책임 엔지니어만 들어갈 수 있는 통제구역에 있었어요. 투명한 창이 달린 원통형 캡슐에 들어 있었고, 그 안에는 시체에 대한 간단한 정보가 적혀 있었어요. 37세 남성, 9월 20일생, 키 165센티미터에 체중은 55킬로그램. 혈액형은 A+이고 눈동자 색은 갈색, 머리카락은 어두운 갈색 등등."

"그걸 다 기억하고 있어요?"

"승무원들은 모두 기억력 훈련을 받으니까요."

사실은 자신과 비슷했기 때문에 기억하고 있다. 하지만 크리스는 굳이 자기 신상 정보에 대한 힌트를 상담사에게 주고 싶지는 않았기에 얼른 원래 하던 말을 이어간다.

"하지만 정작 이름이 있어야 할 곳엔 화물 관리용 코드만 있었어요. 선장을 비롯한 이번 프로젝트의 중역들이 신고 온 수하물이라는 거예요. 그걸 통제구역에 감춰둔 거고요. 그러니 선장에게 말할 순 없는 거죠. 용의자한테 직접 찾아가는 꼴이니까."

"저한테 말하는 건 괜찮고요?"

"상담사는 비밀 유지 의무가 있으니까요."

"크리스, 보기와는 다르게 순진하네요. 네, 그렇죠. 전 절대 상담 내용을 누설하지 않아요. 그런데 정말 시체가 맞나요? 휴식용 수면 장치에서 누가 쉬고 있는 게 아니고?"

"에드위나호의 승무원이 아니었어요. 그리고 잠시 지켜봐도 숨을 쉬거나 맥박이 뛰지 않았어요. 주변에 생명 유지 장치처럼 보이는 것도 없었고요."

크리스는 상담사의 눈을 바라보며 말한다.

"이상하다고 생각하지 않아요? 아니, 이건 이상하잖아요. 우린 지금 태양계 바깥에 나와 있어요. 인류 역사상 유례없는 블랙홀 직접 탐사를 위해서. 심지어 이 블랙홀이 137억 년 동안 잡아두고 있는, 우주 탄생과 함께 계속 존재한 암흑 물질의 세상 속에 들어와 있어요. 그런데 여기 도착한 후 6개월 동안 아무 일도 일어나지 않고 있어요. 선장 무리는 매일 회의실에 틀어박혀 있고 엔지니어나 연구원 들은 밥 먹을 때 말고는 자기 방에서 나오지도 않아요. 저도 마찬가지고요. 암흑 물질 수집 장치가 작동하고 있기는 하지만 솔직히 말해 정말 암흑 물질을 수집하고 있는지조차 모르겠어요. 샘플 분석은 지구에 돌아가서 해야 한다고 단단히 못을 박아두니 암흑 물질이 어떻게 생겨먹었는지조차 알 수 없고요. 이럴 거면 무인 탐사선으로도 충분하잖아요. 더 작고 가볍고 빠르고 싸고."

상담사의 눈은 짙은 검은색이다. 검은 홍채가 둘러싸고 있는 동공은 그보다 더 검다. 크리스는 자신이 상담사의 검은 눈동자 속에 떠 있는 것 같은 느낌을 받는다. 블랙홀 닉스는 어쩌면 태양계를 지켜보고 있는 눈동자가 아닐까. 에드위나호는 우주의 눈동자 속에 들어간 먼지일지도 모른다. 부디 우주가 눈을 깜빡이며 닦아내지 않기를.

크리스는 상담사의 눈 속 우주에서 빠져나와 정신을 차리고 말을 잇는다. 다행히 1초도 채 지나지 않은 것 같다.

"굳이 사람을 보낸 것도 이해가 가지 않는 마당에 우주선 구석에 시체 한 구를 꼭꼭 숨겨서 같이 보냈어요. 그러면서 원래 목적인 블랙홀과 암흑 물질 연구는 제대로 진행하지 않고 있고. 아무래도……"

"아무래도?"

"닉스 탐사는 핑계일 뿐이고 사실은 다른 목적이 있는 것 같아요."

"어떤 목적이라고 생각해요?"

"전혀 모르겠어요. 짐작도 가지 않아요. 그 시체가 사실 오래전에 죽은 독재자고 암흑 물질로 그를 되살려서 세계를 정복한다고 하면 차라리 도울 의사가 있어요. 망할 태양계 끝자락까지 왔다면 그 정도는 꿈꿀 수도 있죠. 그런데 다들 채굴은커녕 블랙홀이나 암흑 물질 자체에 관심이 없는 것처럼 보여요."

"크리스는 블랙홀이나 암흑 물질에 관심이 있나요?"

크리스는 대답하지 않는다. 솔직히 크리스도 딱히 관심이 없었다. 블랙홀이든 암흑 물질이든 삶에 역동적인 굴곡을 만들어줄 도구에 불과했다. 그리고 크리스는 그 도구들을 잘 다룰 자신이 있었다. 그런데 여기까지 왔는데 아무도 크리스가 갈고닦은 실력을 사용하려고 하지 않는다. 도구를 만질 기회조차 주지 않는다. 그런 와중에 무언가 중요한 일이 크리스가 모르는 곳에서 진행되고 있는 것 같다. 크리스는 그게 마음에 들지 않는다.

"그런데 크리스."

크리스는 다시 상담사를 바라본다. 상담사의 블랙홀 같은 검은 동공이 크리스의 혼을 빨아들일 것만 같다.

"통제구역엔 어떻게 들어간 건가요?"

"열려 있었어요."

"통제구역인데?"

그러게.

"크리스, 통제구역에 자주 갔었나요?"

"자주는 아니고, 암흑 물질 채집기를 점검할 때마다 산책 삼아 그 근처를 지나갔어요."

그러면서 불만 가득한 표정으로 통제구역 입구에 손목 태그를 들이밀어보기도 했고 그때마다 등록되지 않은 태그라며 거절당했다. 오늘은 아니었다. 손목을 가까이 가져가기도 전에 문이 크리스를 인식하고 옆으로 열렸다. 그때는 고장이라도 난 걸까 생각했다.

"누군가 시체를 발견하길 기다렸던 걸지도."

크리스의 가슴이 두근거린다. 이런 걸 원했다.

"아니면 더는 감출 필요가 없어졌거나요. 크리스가 이 이야기의 주인공이라는 보장은 없으니까요."

조금 가슴 아프지만 상담사의 말이 더 그럴듯하다. 크리스는 식어버린 찻잔을 천천히 들어 올리며 말한다.

"더는 감출 필요가 없어졌다는 건……"

"이제 진짜 목표를 향해 움직일 때가 되었다는 뜻일까요? 흥미진진하네요, 크리스."

상담사의 검은 눈이 반짝인다. 마치 블랙홀이 빛을 뱉어내는 것처럼. 닉스가 깨어나기라도 한 것처럼. 크리스는 상담사의 눈을 피하며 찻잔으로 시선을 내린다.

크리스는 무언가를 발견하고는 찻잔을 다시 상담사의 책상 위에 내려놓는다. 그러고는 눈을 크게 뜨고 차의 수면을 유심히 바라본다.

"무슨 일이죠, 크리스?"

"수면이 조금 기울었어요."

"책상이 좀 기울었나 보네요."

아니, 조금 전엔 완벽한 수평이었다. 크리스는 천천히 일어선다. 그리고 그 자리에서 가볍게 뛰어올랐다가 착지한다. 위화감. 낯선 관성. 기울어진 중력.

"에드위나호가 가속하고 있어요. 움직이기 시작했어요."

"정말 뭔가 시작되려나 보네요."

크리스는 상담사를 바라본다. 가볍게 웃고 있다. 저렇게 초연할 수 있기에 심우주까지 와서 상담사 역할을 할 수 있는 것 같다고 크리스는 생각한다. 그가 말한 자신의 고립감이란 어떤 걸까? 크리스는 잠시 상상하다가 그만둔다. 그럴 상황이 아니다.

"나가봐야 할 것 같아요. 상담 고마웠어요."

"크리스, 사탕 몇 개 챙겨 가요."

크리스는 사탕 다섯 알을 주머니에 쑤셔 넣고 상담실을 나
간다.

**3**

에드위나호에는 크리스가 생각하기에 상담사나 동갑내기
남자의 시체만큼이나 우주선에 어울리지 않는 존재가 하나
더 있다. 수석 과학 사제 한민성회는 이번 프로젝트에 가장
많은 돈을 쏟아부은 근본회의주의교단이 보낸 사람이다. 과
학 탐사에 교단이 보낸 사람이 있다는 사실이 이상하기는 했
지만, 한민 사제가 블랙홀 주변의 광학적 격리 궤도에 대한
전문가인 것도 사실이다. 그래서 크리스는 종교에 귀의해버
린 유능한 과학자를 데려오기 위해 수석 과학 사제라는 미묘
한 자리를 만든 것이라고 짐작했다. 하지만 한민 사제는 출
발 직후부터 방에 틀어박혀서는 코빼기도 보이지 않다가 닉
스에 도착한 다음부터는 매일 같은 시간에 닉스가 있는 곳을
바라보며 크리스가 알아들을 수 없는 언어로 중얼중얼 기도
만 할 뿐이었다.

상담실에서 나온 크리스가 도대체 무슨 일이 일어나고 있
는지 선장에게 묻기 위해 복도를 저벅저벅 걸어가고 있을 때
도 그랬다. 다만 이번에는 낯선 언어 뒤에 익숙한 문장이 덧
붙여 있었다.

"……우리는 빛의 그림자 속에서 그분을 기다릴지니, 그분이 친히 우리를 맞으러 오실 것이고……"

크리스는 무시하고 지나가려고 한다. 하지만 크리스가 뒤로 지나가는 순간 한민 사제가 기도를 멈춘다.

"마라 선생님."

망할.

"안녕하세요, 한민 사제님. 예전에도 말씀드렸지만 그냥 크리스라고 불러주세요."

"그 이름은 제가 편하지 않아서요."

불편하기 짝이 없는 사람이다. 크리스는 이렇게 된 김에 뭐라도 물어보기로 한다.

"에드위나호가 가속을 하고 있어요. 어떻게 된 일인지 아시나요?"

"닉스에 접근하고 있습니다."

"그게 무슨 말이죠? 지금보다 더 가까이 간다는 건가요? 지금 돌고 있는 궤도가 암흑 물질을 가장 효과적으로 수집할 수 있는 경로잖아요."

"암흑 물질은 이미 충분히 모았어요. 이제 언약의 궤를 열고 빛을 꺼낼 때입니다."

크리스는 피곤하다는 표정으로 한민을 바라본다. 상담사의 말이 맞았다. 에드위나호에는 크리스가 모르는 목적이 있고, 관계자들은 이제 더는 감출 생각이 없다. 문제는 그 관계자들이 에드위나호의 모든 걸 통제하고 있다는 것과 과학

27

을 전공한 거대 교단의 사제가 블랙홀에 접근하며 언약의 궤 같은 황당한 말을 하고 있다는 것이다. 크리스는 도대체 어떤 어처구니없는 일이 일어나려고 하는 건지 궁금하면서도 약간의 소외감을 느낀다. 그러니까, 과학 고문이랍시고 나를 불렀지만 사실은 저 녀석들의 장기말 혹은 위장용 소품에 불과했단 말이지.

하지만 크리스는 그렇게 될 생각이 없다.

"사제님, 제가 도울 일이 있을까요? 그…… 언약의 궤를 여는 데 힘이 되고 싶습니다."

크리스는 언약의 궤가 무엇인지 짐작조차 가지 않았지만 이대로 물러날 수 없다고 생각한다. 부디 언약의 궤라는 것이 자신의 상상을 아득히 뛰어넘는 것이기를 바랄 뿐이다.


**4**

말이 되는 소리를 하세요. 크리스는 턱밑까지 올라온 말을 억누른다. 선장실에서 선장을 모욕할 수는 없으니까.

"그러니까 블랙홀의 광학적 격리 궤도 속에 있는 빛을 추출해서 분석하는 걸로…… 역사적 과거를 본다는 건가요?"

"이해가 빨라서 좋아, 크리스."

이해는 개뿔. 크리스는 만족스러운 표정으로 고개를 끄덕이는 노아 박 선장을 바라보며 훌륭한 가짜 미소를 만들어낸다. 블랙홀 주변에는 빛이 달이라도 된 것처럼 오랫동안 안정적으로 공전할 수 있는 궤도가 있다. 이론적으로는. 하지만 실제로는 바늘 위에 올린 구슬만큼이나 불안정하기 때문에 결코 격리될 수 없다. 다만 주변에서 계속 빛이 공급된다면 마치 빛이 갇혀 있는 것처럼 보일 수 있을 뿐이다. 그런데 지금 선장은 그 속에서 오래된 빛을 꺼내 과거를 보겠다고 하고 있다. 가능할 리가 없다. 크리스는 고개를 숙이고 이마를 짚고 싶지만 그걸 참을 수 있을 정도의 통제력은 지켜내고 있다.

박 선장은 크리스의 마음을 읽기라도 한 듯 여유로운 표정으로 말한다.

"뭘 걱정하는지 알아, 크리스. 알다시피 격리 궤도는 사실 그리 안정적이지 않아. 자연 상태에서는 말이야."

뭐라는 거야?

"뭐라고요?"

자연 상태라니.

"크리스. 사제님께 직접 언약의 궤를 여는 데 기여하고 싶다고 말했다고 전해 들었어."

"그랬죠."

"여전히 믿음을 갖고 있나?"

크리스는 셔츠 속에 감춰진 십자 장식이 달린 펜던트의 감촉을 의식하며 대답한다.

"아마도요."

그런 건 애초에 가졌던 적이 없다.

박 선장은 회의용 스크린 위에 닉스 주변도를 띄운다. 가운데에 닉스가 있고, 그 주변을 암흑 물질 헤일로가 둘러싸고 있고, 그 안팎으로 블랙홀을 공전하는 자그만 천체들이 드문드문 표시되어 있다. 크리스는 문득 상담사의 눈동자를 떠올린다. 오래전부터 태양계를 내려다보고 있는 듯한 거대한 우주의 눈동자.

박 선장은 예술 작품을 바라보는 눈빛으로 주변도를 훑고는 말한다.

"닉스는 자연 블랙홀이 아니야. 정교하게 설계된 작품이지. 헤일로를 구성하는 암흑 물질도 마찬가지고. 둘 다 우주에서는 결코 자연적으로 생겨날 수 없는 특징들을 갖고 있어. 주의 깊게 배합된 암흑 물질들은 스스로 중력 조절제의 역할을 하며 닉스의 광학적 격리 궤도를 안정화하고 있지. 우리 계산에 따르면 최대 3천 년 동안은 안정적으로 빛을 격리할 수 있어. 그리고 역시 정확하게 배합된 암흑 물질을 주입하면 그 빛을 바깥으로 꺼낼 수도 있고. 닉스는 처음부터 그렇게 설계된 일종의 기계장치야."

그래, 그리고 피라미드는 초고대 문명이 만든 우주선이고 마야문명은 외계인의 후손이지. 크리스는 어디서부터 따져야 할지 고민하다가 가장 기본적인 걸 짚고 넘어가기로 한다.

"하지만 닉스는 137억 년 전에 태어난 원시 블랙홀이잖아요. 그땐 우주에 생명은커녕 별도 행성도 없었잖아요. 우주적 초고대 문명도 있을 수 없어요."

박 선장은 기다렸다는 듯이 커다란 미소를 짓는다.

"우주가 태어나기도 전에 계신 분이라면 가능하지."

아뿔싸.

"크리스. 닉스는 137억 년 전부터 그분의 설계가 작동해왔다는 증거야. 137억 년 뒤 바로 오늘 일어날 일을 위해 그분이 준비해두신 거고."

크리스는 도저히 참을 수가 없다는 듯 결국 이마를 짚고 돌아선다. 상상을 아득히 뛰어넘기를 바랐지만 상식마저 아득히 뛰어넘어버렸다. 확실히 삶이 짜릿하게 변하기는 하겠지만 아무래도 크리스의 취향은 아니다. 하지만 지구에서 6백억 킬로미터 떨어진 우주선 안에선 취향을 따질 여유가 없다. 상황을 납득하고 나니 크리스의 몸에 달콤한 흥분이 퍼진다.

"좋아요. 그럼 이제 과거의 빛을 추출하러 가는 건가요? 어떤 과거를 볼 거죠?"

"그분이 지상에서 보내신 마지막 날."

뻔하군.

"그런데 여기서 지구까지는 6백억 킬로미터나 떨어져 있잖아요. 닉스의 광학적 격리 궤도는 지름이 1미터도 채 되지 않을 건데, 이걸 망원경이라고 한다면 지구는 흐릿한 점으로밖에 보이지 않잖아요."

"망원경의 역할을 하는 것 역시 특별한 종류의 암흑 물질이야. 닉스를 중심으로 반경 4백만 킬로미터 안쪽에 분포하고 있는 종류인데, 여길 지나는 빛이 닉스의 광학적 격리 궤도로 전달돼. 지름 8백만 킬로미터 망원경이라면 이론적으론 여기서도 지구의 표면을 0.5센티미터 해상도로 볼 수 있을 거야."

"닉스의 암흑 물질이 무슨 만능 물질이라도 되는 것처럼 말씀하시네요."

"그분이 직접 설계하신 작품이니까. 이름은 아무래도 좋아."

지난 6개월 동안 아무것도 하지 않는 척했지만 사실 채집한 암흑 물질을 분석하고 있었던 거야. 결과가 좀 어처구니없기는 하지만. 크리스는 자신이 관리한 암흑 물질 채집기의 역할이 무의미하지 않았다는 사실에 사소한 위안을 느낀다. 하지만 이걸로는 부족하다.

크리스는 자세를 고쳐 앉고 정중하게 묻는다.

"선장님, 그래서 제가 할 수 있는 일이 뭐가 있을까요?"

박 선장은 마치 중요한 명령이라도 내릴 것처럼 잠시 침묵하다가 천천히 말한다.

"두 눈으로 그분을 목격하는 거야."

크리스는 굳게 닫은 입술 뒤에서 소리 없이 욕을 읊조린다. 비장의 무기로 통제구역에서 발견한 시체에 대해 물어보려는 순간, 크리스처럼 아무것도 모르고 있던 승무원들이 갑작스러운 궤도 변경을 따지기 위해 선장실 문 앞에 모여든다.

"크리스. 저 녀석들과는 달리 네겐 믿음이 남아 있어."

선장은 크리스의 셔츠 아래에 있는 십자 장식을 검지 끝으로 살포시 누르며 말을 잇는다.

"그 믿음을 감추지 말고 드러내도록."

그러고는 펜던트 줄을 당겨 십자 장식을 바깥으로 꺼낸다. 석재 절단기에 갈려 죽은 강간범의 포도주에 물든 뼈가 크리스의 목 아래에서 흔들거린다. 한동안 포도주에 적시지 못해서인지 색이 조금 빠져서 이젠 제법 신선한 핏빛이다.

## 5

에드위나호는 닉스에서 3만 5천 킬로미터 떨어진 궤도에 안착한다. 닉스의 중력이 지구의 표면중력과 비슷해지는 지점이지만 에드위나호가 빠르게 공전하고 있어 중력을 거의 느낄 수 없다. 크리스는 상담실에서 느꼈던 익숙한 중력이 그리워진다. 크리스는 한민 사제와 레나 윈터스 부선장, 에단 베이커 책임 엔지니어와 함께 지금까지 있는지도 몰랐던 넓고 낯선 공간으로 들어선다. 거대한 화면으로 된 벽과 수십 개의 컴퓨터가 나열된 기다란 테이블이 있다. 크리스는 어린 시절 영화에서 봤던 로켓 발사 관제실을 떠올린다.

컴퓨터 앞에 앉아 있는 건 당연하게도 크리스가 아는 사람들이다. 에드위나호의 통신사 하나, 의료 의무관 타무라, 위생 책임 관리자 암나트, 선외 수리 기사 올리베이라, 엔진 관리 팀장 탕…… 모두 컴퓨터 앞에 앉아 바쁘게 키보드를 두드리고 화면을 보며 무언가를 고민하고 있다. 마치 그게 그들의 본업인 것처럼. 크리스는 그제야 에드위나호의 진짜 목적을 모르는 사람이 오히려 일부에 불과했다는 걸 깨닫는다. 그럴 수밖에. 위장은 어디까지나 껍데기만 가리면 되는 거니까. 크리스는 껍데기 취급을 받았다는 게 썩 달갑지 않다.

잠시 뒤, 박 선장이 들어와 한민 사제와 레나 부선장에게 말한다.

"다른 연구원들은 참석을 거부하더군. 애초에 그들의 일이 아니었으니 상관없어. 추가 보수를 지급하겠다고 하니 얌전히 입 다물고 있겠다고 약속했고."

나도 그냥 돈이나 더 받고 방에 틀어박혀 있을 걸 그랬나. 크리스는 짧은 순간 생각했지만 곧 그런 재미없는 선택을 하고 싶지는 않다는 걸 다시금 되새긴다.

그때 뒤에서 익숙한 목소리가 들린다.

"다시 만났네요, 크리스. 역시 무슨 일이 일어나려나 보죠? 크리스랑 얘기하고 나니 저도 추가 보수보다는 재미있는 일을 택하고 싶더라고요."

크리스가 돌아보니 상담사가 있다. 크리스는 묘한 반가움을 느낀다. 상담사의 검은 눈동자를 향해 눈인사를 하니 마치 블랙홀 닉스와 인사를 주고받는 기분이다.

통신사 하나가 다가와 말한다.

"선장님, 준비되었습니다."

박 선장은 짧게 기도문을 외우고는 말한다.

"좋아. 시작하지."

벽을 가득 채운 화면에 우주의 모습이 나타난다. 마치 우주선에 구멍이 뚫린 듯한 광경이다. 그리고 그 가운데에 빨간 점이 하나 있다. 닉스의 위치다. 닉스의 질량은 지구의 다섯 배에 이르지만 블랙홀로서의 크기, 그러니까 '사건의 지평선' 지름은 10센티미터에 불과하다. 3만 5천 킬로미터 거리에서는 보일 턱이 없다. 게다가 뜨거운 엑스선을 뿜어낼 강착원반도 없다. 박 선장의 말처럼 광학적 격리 궤도가 완벽하게 안정적이라면 그곳에 갇힌 빛이 외부로 빠져나올 일도 없다. 오직 우연히 더 멀리 있는 다른 별빛 앞을 지나갈 때만 시커먼 그림자가 되어 그 존재를 드러낸다. 크리스는 한민 사제의 기도를 떠올린다.

우리는 빛의 그림자 속에서 그분을 기다릴지니, 그분이 친히 우리를 맞으러 오실 것이고.

어제까지 선외 수리 기사였던 올리베이라가 말한다.

"닉스 헤일로 암흑 물질 시험 주입 시작합니다."

화면에 에드위나호와 닉스의 위치를 표시한 지도가 나타난다. 그리고 하얗게 반짝이는 점이 에드위나호에서 빠져나와 점차 닉스를 향해 다가간다. 하얀 점으로 표시된 암흑 물질이라니. 크리스는 이 아이러니가 마음에 든다. 하지만 곧 하얀 암흑 물질이 닉스의 광학적 격리 궤도에 도착하는 데 두 시간이 걸린다는 사실을 떠올리고 소리 없는 한숨을 흘린다.

두 시간 뒤, 올리베이라가 카운트다운을 한다.

"5, 4, 3, 2, 1…… 섬광."

화면이 새하얗게 변한다. 컴퓨터 앞에 앉은 이들의 손가락이 바쁘게 움직인다.

## 6

크리스는 눈앞의 광경을 직접 보고도 믿을 수 없었다. 화면에 나타난 건 5년 전 지구의 모습이다. 확대하자 미국 내전 당시에 패서디나 전투가 벌어진 현장이 보인다. 더욱 놀라운 건 순간을 담은 사진이 아니라 영상이라는 것이다. 반쯤 무너진 대학 건물들이 시커먼 연기를 뿜어내고 있고 그 주변으로 오밀조밀하게 모인 작고 검은 점들이 천천히 이동하고 있다. 병사들이다. 건물 반대편에서 다른 검은 점들이 다가오더니 이윽고 전투가 벌어진다. 내전 당시에는 전파 방해와 데브리 전술 때문에 위성사진 촬영이 불가능했다. 크리스는 지금 보고 있는 영상이 닉스의 광학적 격리 궤도에서 추출한 것이라는 걸 인정할 수밖에 없다. 닉스는 정교하게 설계된 우주의 타임캡슐 같은 거라고 크리스는 생각한다.

박 선장은 담담하게 말한다.

"성공적이야. 이제 본격적으로 시작해보자고."

수많은 손가락이 다시 분주해진다. 크리스는 박 선장에게 다가가 묻는다.

"방금 화면이 하얗게 변한 건 뭐였죠?"

선장 대신 한민 사제가 답한다.

"닉스가 가둬두고 있던 과거의 빛입니다. 주입하는 헤일로 암흑 물질의 양과 분포, 속도에 따라 빠져나오는 빛의 시대가 달라지고요. 방금 있었던 시험 주입으로 우리의 계산이 잘 맞아떨어진다는 걸 확인했습니다. 원하는 시대의 빛을 정확히 꺼낼 수 있다는 거죠. 그 빛을 에드위나호의 초월 통계형 인공지능이 과거의 상태로 복원을 합니다. 그러고 나면 여기 있는 엔지니어들이 추출된 수십 시간의 시간 속에서 우리가 원하는 순간을 찾아내고요."

한민 사제는 자부심에 약간의 거만함이 섞인 표정으로 크리스를 바라보며 덧붙인다.

"지난 6개월 동안 다들 정신없이 바빴죠."

크리스는 한민 사제가 속이 굉장히 좁은 사람이라고 생각한다. 에드위나호에서 이 기상천외한 진짜 목적을 모르는 사람이 오히려 소수였는데, 크리스를 포함한 그 소수가 지난 6개월 동안 하릴없이 시간을 보내는 걸 보며 어지간히 불만이 쌓였던 모양이다.

올리베이라가 말한다.

"닉스 헤일로 암흑 물질 1차 주입 준비 완료되었습니다."

레나 부선장이 선장에게 다가와 올리베이라의 말을 그대로 반복하고는 손바닥 크기의 태블릿을 박 선장에게 보여주며 말한다.

"시간 설정 확인 부탁드립니다."

태블릿에는 의미를 알 수 없는 약어와 숫자 들이 가득 적혀 있다. 박 선장은 고개를 끄덕이고는 태블릿 위에 손가락으로 사인을 한다. 레나 부선장이 올리베이라를 바라보며 고개를 끄덕이자 올리베이라는 엄지를 치켜세우고는 바쁘게 키보드를 두드린다.

올리베이라가 외친다.

"주입 시작합니다."

곧 화면이 바뀌며 에드위나호와 닉스의 위치가 나타나고 하얀 암흑 물질이 둘 사이를 가로지르기 시작한다. 암흑 물질은 시험 주입 때보다 더 크고 빠르게 이동한다. 얼마 지나지 않아 화면 아래에 예상 도달 시간이 표시된다. 52분. 크리스는 기다리는 시간이 짧아졌다는 사실에 작은 위안을 느낀다. 하지만 그게 곧 일어날 난장판까지 남은 시간이라는 건 알지 못한다. 사실 그 자리에 있는 모두가 그렇다.

52분 뒤, 올리베이라가 카운트다운을 한다. 2까지 세었을 때 크리스의 다리 주변에 사탕 하나가 떠오른다. 크리스는 주머니에서 사탕이 흘러나온 줄 알고 허리를 숙여 사탕을 집어 든다. 크리스의 눈앞에 사탕이 하나 더 떠다닌다. 모두 포도맛 사탕이다.

올리베이라가 "섬광"이라고 외치는 순간 시험 주입 때와 마찬가지로 화면이 새하얗게 변한다. 하지만 이번엔 화면뿐만 아니라 주변의 모든 것이 환하게 빛난다. 그 공간에 있는 모든 경고등이 번쩍이고 경고음이 울리지만 아무도 느끼지 못한다. 눈부신 빛의 그림자가 에드위나호 전체를 집어삼킨다.

**7**

"크리스. 일어날 수 있겠어요?"

크리스가 두통 속에서 눈을 뜨자 상담사의 웃는 얼굴이 보인다. 암흑 물질 헤일로 같은 검은 홍채. 블랙홀 같은 검은 동공. 우주의 눈동자. 우주가 말한다.

"다행이에요. 아직 살아 있네요."

농담일까, 아니면 정말 죽은 사람이 있는 걸까. 크리스는 어느 쪽이라도 썩 마음에 들지 않는다.

"아무도 안 죽었어요. 아직은요. 암흑 물질이 닉스에 빨려 들면서 예상을 초월한 어마어마한 양의 에너지가 뿜어져 나왔어요. 지구에서는 하늘에 엄청나게 밝은 별이 갑자기 생겨난 것처럼 보였을 거예요. 에드위나호가 태양계 최고의 우주선이 아니었다면 우린 몸속까지 완전히 구워졌을걸요."

상담사가 왜 이런 설명까지 하는 걸까. 크리스는 천천히 몸을 일으키고 주변을 둘러본다. 벽면 화면은 시커멓게 꺼져 있고 조금 전까지 컴퓨터 앞에 앉아 있던 사람들은 쓰러져 있거나 벽에 몸을 기대고 고통을 참고 있다.

"한민 사제는 신경이 손상돼서 지금 몸을 움직이거나 말을 할 수가 없어요. 박 선장은 전신에 약한 화상을 입었는데, 레나 부선장의 부축을 받아서 어디론가 갔어요. 너무 걱정하지는 마요. 방사선 피폭 지연 치료제는 충분히 있으니까요. 그래도 크리스는 정말 운이 좋았어요. 그때 허리를 숙이지 않았다면 상체에 화상을 입었을지도 몰라요. 마침 크리스 앞쪽에 있는 계산기 냉각장치가 훌륭한 차폐막 역할을 해줬거든요."

크리스는 손을 확인한다. 사탕 두 개가 있다. 주머니 안도 확인한다. 사탕 다섯 개가 있고 거기에 포도맛 사탕은 없다. 포도맛 사탕 두 개는 크리스의 사탕이 아니다.

크리스는 포도맛 사탕 두 개를 상담사에게 건네며 말한다.

"상담사라기엔 에드위나호와 지금 상황에 대해 아는 게 많네요."

"에드위나호 승무원들이 제게 얼마나 많은 이야기를 하는지 크리스는 모를 거예요."

지금도 머릿속에서 모두의 상담을 받아주고 있기라도 한 듯한 말이다. 세상만사를 초월한 것만 같은 상담사의 미소를 보자 크리스는 머리가 깨질 것 같은 두통마저 사소하게 느껴진다.

그때 목과 손목에 방사선 피폭 지연 치료제 주입기를 부착한 박 선장과 레나 부선장이 다시 나타난다. 그들 뒤에는 마치 관을 연상시키는 커다란 짐이 있다. 그 안에는 크리스가 발견한 시체가 들어 있다. 크리스는 이제야 진짜 사건이 시작되려 한다고 직감한다.

벽에 몸을 기대고 있던 에단 베이커가 힘겹게 몸을 일으키고 컴퓨터 앞에 앉는다. 그리고 바쁘게 화면과 키보드를 두드린다. 화면이 다시 밝아지고 우주 공간에 떠 있는 지구가 나타난다. 에단이 시간과 좌표를 입력하자 한 장소를 향해 빠르게 다가간다. 밤이라서 어두컴컴하지만 곧 감도가 올라가더니 점차 환해지고, 해상도 역시 좋아져서 사람의 손가락마저 셀 수 있을 정도가 된다. 마치 자그만 건물 위에서 아래를 내려다보고 있는 느낌이다.

어둑한 밤, 자그만 나무들이 듬성듬성 자라 있는 언덕이다. 열 명 정도의 사람이 언덕에 드러눕거나 앉아서 잠을 잔다. 언덕에서 조금 떨어진 곳에 일행으로 보이는 두 사람이 있다. 둘은 어깨를 맞대고 앉아 서로를 바라보며 대화를 나누고 있다.

반쯤 쓰러져 있던 이들이 모두 일어나 화면을 응시한 채 소리 없이 감탄한다. 기도문을 외우는 이도 있고 눈물을 흘리는 이도 있다.

박 선장이 말한다.

"그분이시다."

그 유명한 그분의 정수리를 목격하게 되다니 대단한 영광이야, 크리스는 그렇게 생각하며 선장 옆에 다가가 묻는다.

"그 옆에는 누구죠?"

"그분께서 친히 사랑하시는 여인."

크리스는 잠시 고개를 돌려 상담사를 바라본다. 상담사는 웬일로 자기도 잘 모르겠다는 표정을 짓는다. 크리스는 다시 묻는다.

"저기, 그분은 우리를 사랑하는 게 아니었나요?"

박 선장은 차오르는 감정을 억누르는 듯한 목소리로 대답한다.

"그분께서는 인간의 몸으로 내려와 인간의 몸으로 고뇌하시고 고통받으셨지. 그리고 역시 인간의 몸으로 사랑을 하셨다네."

크리스도 그분에게 연인이나 아내가 있다는 소문은 들어본 적이 있다. 하지만 지구에서 6백억 킬로미터 떨어진 곳에 있는 블랙홀의 그림자 속에서 2천 년 전의 광경을 직접 목격하게 되리라고는 미처 상상도 기대도 하지 못했다. 하지만 크리스를 더욱 놀라게 한 건 박 선장이 이미 그 사실을 알고 있었다는 것처럼 말을 한다는 점이다. 생각보다 열려 있는 사람들이었네. 크리스는 반쯤 냉소를 섞어 속으로 박 선장을 평가한다.

화면 속 두 사람의 얼굴이 서로를 향해 다가가더니 입을 맞춘다. 분명 두 사람은 사랑을 하고 있다. 잠시 뒤, 당시의 병사로 보이는 이들이 언덕에 몰려와 소란스러워진다. 자고 있던 이들이 깨어나고 칼날이 번쩍이고 피와 살이 튀더니 그분이 어디론가 잡혀간다. 오랫동안 옛날이야기처럼 듣고 읽어서 알고 있던 순간을 직접 목격하니 크리스는 묘하게 기분이 고양되는 것을 느낀다.

박 선장이 말한다.

"에단, 시간을 돌리게. 그분께서 준비를 마치신 순간으로."

도대체 무슨 준비를 한다는 걸까. 크리스는 박 선장 뒤에 있는 시체를 흘낏 바라보며 생각한다.

에단이 다시 화면을 문지르자 언덕에서 사람들이 사라지

고 어둠이 걷히더니 주변이 다시 밝아지며 아침이 찾아온다. 에단의 손길을 따라 화면에 비치는 장소가 달라진다. 에단은 옆에 놓인 지도와 화면을 번갈아 바라보며 어떤 장소를 찾는다. 곧 풀 한 포기 없는 새로운 언덕 하나를 발견한다. 에단은 화면에서 손을 떼고 이제 키보드를 한 번씩 두드린다. 그럴 때마다 화면 속에서 한 시간씩 시간이 흘러간다.

……처형 장면을 찾고 있는 거야. 크리스는 에드위나호에 올라탄 이후 처음으로 불안을 느끼며 몇 걸음 물러선다. 그러다가 누군가와 살짝 부딪힌다. 뒤를 돌아보니 상담사가 있다.

"걱정하지 마요. 무서워하지도 말고. 그냥 지켜보죠."

이윽고 언덕이 사람들로 가득해진다. 크리스는 자기도 모르게 펜던트를 붙잡는다. 평소보다 무거워진 것 같다. 언덕 꼭대기에 세워진 처형대에 그분이 매달린다. 화면 주변에서 바라보던 거의 모든 사람들이 탄식한다. 예외는 크리스와 상담사, 그리고 시체뿐이다.

선장이 말한다.

"우리도 준비를 시작하게."

레나 부선장과 올리베이라가 시체가 들어 있는 관을 화면 아래 벽으로 가져간다. 그리고 관 아래에서 굵고 긴 케이블을 여러 개 꺼내더니 화면 밑에 있는 구멍에 하나씩 연결한다. 화면 구석에 연결이 완료되었다는 표시가 뜬다. 그다음에는 다운로드 준비 중이라는 표시가 나타난다. 그리고 0퍼센트부터 점차 오르기 시작한다. 크리스는 관 속에 있는 시

43

체의 가슴이 천천히 움직이는 걸 발견한다. 이제 시체가 아니다.

박 선장은 익숙한 기도문을 중얼거린다.

"……우리는 빛의 그림자 속에서 그분을 기다릴지니, 그분이 친히 우리를 맞으러 오실 것이고……"

크리스는 깨닫는다. 저들은 그분을 이곳으로 불러들이려고 하고 있다. 닉스는 타임캡슐이 아니다. 마인드 업로딩 장치다. 그분의 영혼이든 정신이든 의식이든 무엇이든 수천 년 동안 닉스 안에 보존되어 있다. 과거의 영상을 보여주는 건 닉스의 인터페이스일 뿐이다. 크리스는 3일 만에 묘당에서 나온 이후 처음으로 자신이 잘못된 선택을 한 것이 아닐까 의심한다.

박 선장이 조금 불안한 목소리로 말한다.

"준비 속도가 느려."

다운로드 준비가 60퍼센트에서 머뭇거리고 있다. 에단의 손가락이 바쁘게 움직이고 레나 부선장과 올리베이라는 케이블을 점검한다. 그러는 동안 화면 속 그분이 옆으로 고개를 돌린다. 함께 처형되는 다른 이를 바라보고 있다. 그러고는 다시 고개를 들어 하늘을 본다. 크리스와 눈이 마주친다. 크리스는 잠시 당황하다가 곧 착각이라고 생각한다. 지금 화면을 바라보는 모두가 그분이 자신을 바라보고 있다고 느낄 것이라면서. 그냥 하늘을 바라보고 있는 것일 뿐이라고.

그분의 입이 움직인다.

"에단!"

선장이 외치자 에단이 다른 컴퓨터 앞으로 자리를 옮긴다. 키보드를 두드리자 그분의 입 위에 초록빛 사각형이 나타나고 그 밑으로 분석 중 표시가 깜빡인다. 곧 문장 하나가 떠오른다.

나를 버리실 생각입니까.

"서둘러!"

선장이 초조해한다. 다운로드 준비는 이제 막 90퍼센트를 넘었다. 크리스는 의아해한다. 왜 이렇게 서두르는 걸까. 저 영상은 그저 인터페이스일 뿐인데.

다시 그분의 입이 움직인다.

이제 모두 끝났습니다.

다운로드 준비 100퍼센트.

이제 더는 시체가 아닌 것이 들어 있는 유리 관이 환하게 빛난다. 모든 사람이 눈부심을 아랑곳하지 않고 유리 관을 바라본다. 눈도 깜빡이지 않는다.

다시 어두워진다. 유리 관 내부의 모습은 그대로다. 달라진 게 없다. 대신 화면 위에 빨간 글씨가 깜빡인다.

899 오류 발생. 조건이 충족되지 않음.

화면 속 그분은 여전히 하늘을 올려다보고 있다.

박 선장이 화상을 견디며 묵묵히 일을 하고 있던 통신사 한나에게 묻는다.

"어떻게 된 거야?"

한나는 당혹스러운 표정으로 대답한다.

"조건이 최대한 비슷한 신체를 준비했어요. 게다가 어지간 히 다른 체형이 아니라면 분명 문제없다고……"

"899 오류가 뭐지?"

한나는 컴퓨터 책상 아래에 있던 매뉴얼을 서둘러 꺼내 뒤 진다.

"899 오류. 명백한 조건이 일치하지 않음. 명백한 조건 불 일치는 다음과 같이 정의함. 10년 이상의 나이 불일치, 20킬 로그램 이상의 체중 불일치, 15센티미터 이상의 신장 불일 치, 15퍼센트 이상의 신체 결손 수준 불일치, 성별 불일치."

크리스는 화면을 유심히 바라본다. 그러고는 에단 옆으로 다가가 자그맣게 속삭인다. 에단은 잠시 망설이더니 화면을 문지른다. 그러자 벽면 화면 속 영상이 확대되고 해상도도 더 올라간다. 그분의 모습이 화면에 가득 찬다. 크리스는 그 분의 모습을 자세히 살핀다. 위에서 아래로 내려다본 모습이 지만 몸의 특징을 충분히 확인할 수 있다. 상처로 가득한 가 느다란 팔은 양쪽으로 뻗어 있고, 이마에서 흘러나온 피는 수염도 주름도 없는 얼굴을 강물처럼 타고 내리다가 턱 아래 에서 뚝뚝 떨어지고 있다. 차갑게 떨리는 가슴을 감싸고 있는 낡은 천 조각은 느린 호흡을 따라 천천히 오르고 내리길 반복한다. 크리스는 이윽고 깨닫는다. 저건 남자의 몸이 아니다.

"그럴 리가 없어. 그럴 리가 없어!"

뒤에서 박 선장이 중얼거린다. 움직이지 못하고 눈만 깜빡이던 한민 사제는 믿지 못하겠다는 듯 눈이 튀어나올 것처럼 화면을 바라보고 있다. 에단이 크리스를 바라보며 묻는다.

"크리스. 몇 살이죠?"

크리스는 황당한 표정으로 에단을 본다. 하지만 에단의 얼굴은 진지하다. 주변을 둘러보자 이제 모든 사람이 크리스를 바라보고 있다. 설마. 어이가 없다는 생각에 크리스는 헛웃음이 나온다.

에단은 다시 묻는다.

"키와 몸무게는 얼마나 되죠?"

크리스는 뭔가 잘못되어가고 있다는 생각을 하며 상담사를 바라본다. 지금 이 순간, 유일하게 크리스를 바라보고 있지 않은 사람이다. 상담사는 화면 속 그분을 바라보고 있다. 크리스도 화면을 본다. 벽 너머에서 바람이 불어온다. 벽은 이제 평면 화면이 아니다. 두 세상을 이어주는 창이다. 크리스는 곧 모든 사람이 자신을 바라보는 이유를 깨닫는다.

그분이 크리스를 바라보고 있다. 눈이 마주치는 순간, 그분의 표정이 바뀐다. 마치 고통을 잊은 것처럼 편안함이 감돈다. 그분의 입술이 천천히 움직인다.

47

내 영혼을 다시 그대에게 맡깁니다.

그분이 눈을 감고 고개를 떨군다.

눈부신 그림자가 크리스를 감싸고 주변 모든 것이 짙은 빛에 휩싸인다. 크리스는 아득한 시간과 공간 너머에서 자신을 바라보고 있는 존재를 느낀다. 그 존재 앞에서는 '그분'마저도 그저 단어에 불과하다.

## 8

닉스가 뿜어낸 섬광이 지구에서는 금성보다 더 밝게 보였고, 지구 사람들은 에드위나호가 닉스에서 일어난 거대한 폭발에 휘말려 완전히 증발해버렸다고 생각한다. 어떤 이는 이번 일을 근거로 경전 속 탄생의 별이 바로 닉스였다고 말하며 지구 어딘가에서 구세주가 재림했을 것이라고 주장한다. 그렇게 서너 개의 새로운 종교가 태어난다. 에드위나호 승무원들은 성인 취급을 받는다. 하지만 이제 아무래도 좋다. 크리스와 에드위나호는 지구로 돌아가지 않는다. 에드위나호는 대부분의 기능을 상실한 상태로 항성간 공간을 떠돌고 있다. 생명 유지 장치도 멈췄기에 선내는 차츰 식어간다.

크리스는 상담실 의자에 앉는다. 사탕이 들어 있던 바구니는 텅 비어 있다. 크리스는 상담실 구석에 있는 거울을 바라본다. 크리스의 얼굴, 자신의 얼굴이 보인다.

크리스가 조용히 묻는다.

"전 크리스인가요?"

상담사가 대답한다.

"물론이지. 언제나, 지난 37년 동안, 그리고 지난 2,152년 동안 그랬던 것처럼."

크리스는 펜던트를 풀고 손에 쥔다. 그리고 묻는다.

"그럼 당신이 그…… 존재인가요?"

"아니."

상담사는 웃으며 대답하고는 크리스의 손을 감싼다. 그리고 손바닥을 펼친 다음 붉은 십자 장식을 자기 손에 올린다.

"나도 그 존재가 항상 마음에 들지는 않아. 납득할 수 없을 때도 많고 말이야."

상담사가 주먹을 쥐었다가 펼치자 십자 장식은 가루가 되어 있다. 이내 바람에 휩쓸려 사라진다. 에드위나호에서는 바람이 불지 않는다.

"하지만 모든 게 결국은 그 존재의 뜻대로 흘러가지. 거기에 어떤 목적이 있는지는 나도 알 수 없지만. 사실 알고 싶지도 않고. 그래도 넌 주어진 일을 잘해냈어. 오랫동안 네가 돌아오길 기다렸다고."

나한테 주어진 일이란 뭘까. 돌이킬 수 없는 변화의 순간을 찾아 헤매거나, 낯선 이들에게 사랑과 자비를 전파하거나.

"그럼 당신은 누구인가요?"

"미천한 관리자. 그 존재가 관심을 가진 대상을 지켜보고 관리하면서 때로는 걱정을 듣고 위로하거나 잘못을 지적하며 벌을 주기도 하고."

"그럼 닉스는……"

"닉스는 그 존재가 그들의 관심을 끌기 위해 준비한 도구이자 장치일 뿐이야. 블랙홀보다는 우주 찻주전자가 내 취향이기는 하지만. 그게 더 재미있지 않아?"

크리스는 소리 없이 입꼬리를 올린다. 웃기기보다는 현실감이 없다. 지금 있는 곳이 정말 에드위나호이기는 한 걸까.

"우린 지금 어디로 가고 있죠?"

"글쎄. 그 존재가 새롭게 관심을 가진 대상들이 있는 곳이겠지. 다른 행성일 수도 있고, 다른 별일 수도 있고, 어쩌면 다른 우주일 수도 있고. 우리가 종이 위의 그림이라면 종이 밖의 세상이 될 수도 있겠지."

"거기서 무슨 일을 하게 되나요?"

"여기서 했던 것과 그리 다르지 않을 거야."

"이미 여러 번 해봤군요. 왜 저는 기억에 없는 거죠?"

"너도 곧 기억하게 될 거야. 우린 오랫동안 함께해왔거든."

크리스는 상담사의 얼굴을 바라본다. 왜 지금까지 상담사의 눈동자만 바라봤을까. 지금 보니 익숙한 얼굴이다. 마치 거울을 마주한 것 같은 느낌이다. 스스로를 바라보고 있다. 크리스는 자신도 짙은 검은 눈동자를 갖고 있다는 사실을 떠올린다. 크리스는 계속 거울만 바라보고 있었다. 상담실에 있는 건 에드위나호의 유일한 생존자 크리스뿐이다.

크리스가 거울 너머의 상담사에게 묻는다.

"얼마나 많은 크리스가 있는 건가요? 우리의 진짜 이름이 뭐죠?"

"하나뿐이야. 가끔 둘이나 셋이 되기도 하고, 그때마다 서로 다른 이름으로 불리기도 해. 사실 이름 같은 건 중요하지 않아."

"그럼 그 존재는 도대체…… 뭐죠?"

"직접 물어보는 게 어때?"

크리스는 상담사의 어깨 너머를 바라본다. 계속 바라본다. 자신이 살고 있는 우주 건너편, 화면 너머, 종이 밖의 세상을 바라본다. 크리스는 그 존재와 눈을 마주친다.

크리스는 당신의 눈을 바라본다. 원망과 불만, 호기심이 섞인 시선이다. 그리고 당신에게 묻는다.

"당신은 누구인가요?"

# 순환 순수 역학

김혜빈

'베스타'의 머리를 처음 발명한 사람은 분옥이었다. 반짝이는 유리 막대로 이뤄진 델타 육면체가 발파라이소의 상공에서 처음 발견된 날, 뇌과학자인 분옥은 자신의 연구실에 앉아 죽은 사람의 뇌를 활용할 방법을 고민하고 있었다. 만약 육면체를 이루고 있던 투명한 막대 중 하나가 관광객들의 머리를 불시에 찌르지 않았다면 분옥의 논문은 세상 밖으로 나오지 못한 채 어느 미친 과학자의 소수 의견으로 취급받았을 것이다.

훗날 '아라냐'라고 이름 붙여진 외계 생명체가 쁘랏 부두를 피로 물들일 적에 분옥은 육신을 떠난 뇌가 신경가소성을 유지할 수 있는가를 두고 동료 연구진과 토론했다. 분옥이 생각하기에 적절한 양분을 공급해줄 장치를 만들기만 한다면 뇌는 살아 있을 때만큼이나 계속해서 활발하게 움직일 수 있었다. 편을 들어주는 사람은 아무도 없었지만 오가노이드를 활용해 거듭 실험을 반복한 결과, 분옥은 뇌의 본래 기능을 유지해줄 수 있는 특수한 장치를 고안할 수 있었다. 그것이 베스타의 첫 프로토타입이었다. 기기를 잘만 활용하면 한 사람이 살아가면서 다양한 감정과 욕망, 관념을 정립한 결과물이 죽음과 동시에 버려질 필요가 없었다. 남은 문제는 하나였다.

누구의 뇌를 쓸 것인가?

살아 있는 사람의 뇌와 달리 죽은 이들의 뇌는 불가침의 영역이었다. 시신 일부를 공적 혹은 사적인 목적으로 활용하겠다는 의견은 기분 나쁜 공상소설쯤으로 치부되었다. 연구를 진행하기 위해서는 시신에서 막 추출해 온 싱싱한 뇌가 필요했으나 아무도 분옥에게 뇌를 기증하겠다고 나서지 않았다. 그때 아라냐가 나타났다. 삼각뿔을 위아래로 합친 형태의 외계 생명체가.

아라냐는 처음에 강대국들이 만들어낸 신형 무기로 오해받았지만 얼마 지나지 않아 침공 당시의 인공위성 사진이 공개되며 우주에서 온 생명체라는 사실이 밝혀졌다. 발파라이소에서 한날한시에 죽은 사람들을 부검했을 때 그들의 머릿속은 아라냐에게 점령당한 상태였다.

아라냐는 숙주로 삼을 대상의 호흡기를 파고들어가 뇌를 파먹었고, 비어 있는 두개골 안을 자신의 은신처로 사용했다. 아라냐가 뇌에 집을 지었는지 아는 방법은 간단했다. 동족에게 이곳이 점령지임을 알리기 위해서인지는 몰라도, 아라냐들은 보통 정수리 부근에 작은 홈을 내 신체 일부를 깃발처럼 내밀었다. 그러니 정수리 부근을 만졌을 때 뾰족한 돌기가 느껴진다면 지금 그곳에 아라냐가 있다는 증거였다. 이따금 아라냐가 뇌를 다 먹지 않고 숙주와 공생할 때도 있었으나 뇌에 극심한 손상을 입은 사람들은 얼마 가지 않아 모두 목숨을 잃었다. 뭐, 물론 예외도 있겠지만.

어쨌든 아라냐가 얌전한 때는 인간의 머릿속에 있을 때뿐이었다. 그것을 밖으로 끄집어낸 순간, 아라냐는 새 숙주의 벌어진 입이나 콧속을 파고들었다. 아라냐의 몸체를 이루고 있는 막대는 얇고 몹시 단단해, 지구상의 어떤 광물로도 부서지지 않았다. 불에 타지도 얼어붙지도 않는 아라냐가 약해지는 때는 강력한 빛에 노출되거나 육면체 형태의 육신을 허물고 숙주를 공격할 때뿐이었다.

이 사실을 처음 알아낸 사람들은 방글라데시의 의료진이었다. 그들은 환한 수술실 조명 아래서 피해자의 머리뼈를 잘라내던 중 의료용 톱으로 아라냐의 몸을 부서뜨렸다. 순전히 운이 작용한 결과라 이 대처법은 별 효용이 없었다. 아라냐의 움직임이 몹시 빨라 전등을 켜거나 연장을 들기도 전에 이미 머리가 꿰뚫렸기 때문이다.

시간이 갈수록 아라냐는 남미를 넘어 아프리카 대륙과 유럽, 아시아 전역에서 사상자를 내기 시작했다. 두개골 안에 둥지를 튼 아라냐는 보통 아이를 낳은 즉시 목숨을 잃었다. 한 아라냐가 죽을 때마다 적어도 세 마리 이상의 새끼 아라냐가 태어났다. 시체의 입과 귀를 통해 새끼 아라냐가 빠져나오는 모습을 보고 나서야 사람들은 그들이 지구에 온 목적을 짐작했다. 바로 번식이었다.

한국에서 아라냐에 의한 서른여섯번째 피해자가 나타났을 무렵, 분옥의 논문이 사람들의 시선을 끌었다. 죽은 사람의 뇌를 정말 '살아 있는 것'처럼 보이게 할 수 있다면 그 뇌를 미끼 삼아 아라냐를 한곳에 모을 수 있지 않을까? 분옥이 고안한 베스타는 일종의 포충기였다. 끔찍한 벌레들을 가둬두는 것에 그치지 않고 죽일 수도 있는.

분옥은 많은 사람의 우려와 염원을 등에 업고 베스타를 본격적으로 개발하기 시작했다. 국가적 재난 상황에 닥치자 뇌사자의 가족들이 고인의 뇌를 기증하겠다고 자진해 나섰다. 하지만 분옥이 처음으로 채택한 스무 개의 뇌는 죽음이 예정된 사형수, 혹은 무기수 들의 것이었다.

분옥과 함께 아라냐에 대해 연구한 생화학자들은 아라냐가 안와전두엽이 손상된 뇌를 특별히 선호한다는 사실을 알아냈다. 다섯 마리 이상의 아라냐에게 동시에 공격당한 희생자들은 하나같이 평소 공격성과 충동조절장애로 인해 주변에 문제를 일으키는 사람들이었다. 그들의 생전 뇌 단층촬영 사진을 비교한 연구 결과가 발표됐을 때, 범죄자들의 존엄성에 대해 따지고 들던 사람들은 입을 다물었다. 죄인의 뇌는 아라냐에게 특식이었다. 그들의 뇌를 미끼 삼아 선량한 다수의 사람을 살리겠다는 분옥의 발언은 많은 논쟁을 낳았다. 중요한 건 사람들이 의견을 대립하는 순간에도 누군가는 아라냐에게 뇌가 파먹히고 있다는 사실이었다.

다수 인권 단체의 반발에도 불구하고 세계에서 끌어모은 범죄자들의 뇌는 베스타의 훌륭한 자원이 되었다. 처음 스무 개를 시작으로 뇌 수급은 은밀하게, 혹은 공식적으로 이뤄졌다. 어느 타블로이드판 잡지에서 밝혔듯이 '가장 저항감이 적은 희생양들'이 1순위 실험 대상이 됐다. 먹음직스러운 뇌들은 아이스박스만 한 크기의 급속 냉동장치에 실려 인천공항에 도착했다. 높이 40센티미터의 투명한 원기둥 형태인 베스타는 뇌를 살아 있는 상태로 보존하는 한편, 아라냐가 가까이 올 시 순간적으로 1,500럭스 이상의 강력한 빛을 뿜어내 그들을 기절시켰다.

첫 실험은 항구에 자리한 허름한 컨테이너에서 이뤄졌다. 근방의 아라냐들이 떼로 몰려들자 베스타는 환한 빛을 내뿜었다. 기절한 아라냐들은 표적 감지 센서가 달린 레이저 총에 의해 여러 조각으로 잘려 바닥으로 떨어졌다. 실험은 성공적이었다. 분옥은 곧 베스타에게 끊임없이 동력을 줄 수 있을 만한 거대한 머리 모양의 구조물을 고안하기 시작했다. 하나의 머리에 최대 2천 개의 베스타를 모아놓을 수 있는 뇌의 전당殿堂을. '베스타의 머리'는 한국을 시작으로 각 대륙에 건설되었다. 베스타의 머리가 점멸할 때마다 수십, 수백 마리의 아라냐가 동시에 죽어나갔다.

아라냐가 처음 모습을 드러낸 날로부터 80년이 흐른 지금, 그들의 개체수는 확연히 줄어 있었다. 오늘날 아라냐는 재수가 없으면 만날 수도 있는 맹수 정도로 전락했다. 혼란이 가신 뒤에 찾아온 평화. 그것이 란희의 증조할머니, 분옥이 이뤄낸 결실이었다.

나는 베스타의 머리를 지난 3년간 청소하며 수많은 아라냐의 사체를 치웠다. 딱딱하고 긴 유리 막대들을 모아 처리소로 보내는 것이 나의 주요한 업무였다. 2주에 한 번 거대한 흡입 장치를 매단 차가 와 아라냐의 시체를 수거해 갔는데, 그것들을 우주로 쏘아 보낼 때면 밤하늘이 환히 빛났다. 하늘로 쏘아 올려지는 우주왕복선을 볼 때마다 마음속으로 빛을 숭배했다. 빛에 빛을 더하는 건 언제나 가능했다. 그러나 어둠에 어둠을 더한다고 해서 더 짙은 어둠을 만들 수는 없었다. 더욱 어두워지기 위해서는 빛이 사라져야 했다.

어쩌면 그래서 내가 베스타의 머리를 좋아하는지도 몰랐다. 베스타의 머리는 영원한 백야, 빛이 그치지 않는 낙원이었으니까. 기밀 시설. 범죄자들의 종착지. 외계 재판장. 베스타의 머리를 지칭하는 단어는 많았지만 나는 그중 '화로'라는 표현이 가장 마음에 들었다.

겉면을 이루고 있는 투명 패널을 통해 내부의 환한 빛이 새어 나와 베스타의 머리는 밤에도 부옇게 빛이 났다. 점멸하는 빛은 일종의 경고였다. 아직 아라냐는 종식되지 않았다. 너의 뇌도 미끼가 될 수 있으니 경계하라. 나는 그 꺼지지 않는 열기 속에서 란희를 처음 만났다. 감정 표현이 무딘, 분옥의 증손주인 그를.

"'아무리 환한 빛을 허공에 쏘아 올려도 그곳엔 해결할 수 없는 어둠이 남는다.' 우리 할머니가 한 말이야. 알고 있어?"

섹스가 끝나면 란희는 언제나 내 방에 달린 비좁은 테라스에 서곤 했다. 우주선이 날아가는 장면이 잘 보였기 때문이다. 란희는 거의 헐벗은 채로 난간 앞에 서서 멀어지는 우주선을 지켜보았다. 내가 상사인 란희와 어쩌다 자는 관계가 되었는지는 설명하기 어려웠지만 그의 비정함에 대해 말하기는 쉬웠다. 란희는 나와 마치 연인처럼 섹스하다가도 모든 일이 끝나면 서늘하게 내 곁을 떠나곤 했다. 가슴을 무자비하게 깨물고, 내게 더 울어보라고 애원한 적 없는 사람처럼. 그때마다 나는 어둠 속에 숨어 란희의 하얀 등을 지켜보았다. 그날 본 란희의 등은 곧 저물 달처럼 가냘팠다.

"곧 스캔들 하나가 터질 거야. 새 일자리부터 알아봐."

자기 증조할머니와 마찬가지로 뇌과학자가 된 란희는 분옥이 연구하다가 만 침습형 뇌 컴퓨터 '다브DAW'를 개발 중이었다. 그래핀을 활용해 만든 다브는 여태 개발된 BCI 중 가장 뛰어난 성능을 자랑했다. 대상자의 뉴런 신호를 해석하는 동안 감지된 잡음을 최대한 걸러냈고, 추출된 정보들을 이용해 사용자에게 가장 합리적인 결론을 제시했다. 다브는 인지능력이 떨어지는 환자들을 돕는 전자 약의 기능을 넘어, 사람들이 자기 뇌의 잠재력을 최대한 끌어올릴 수 있도록 하는 제2의 뇌였다. 다브에게 인간의 합리성을 넘겨주는 것은 아니냐고 염려하는 여론도 있었으나 란희를 비롯한 다브의 연구진은 자신들이 낼 결과물을 고무적으로 받아들였다. 란희가 나나 베스타의 머리에 신경 쓰는 시간은 줄어들 수밖에 없었다. 이 바쁜 와중에 란희가 날 찾아와 스캔들 운운했다는 건 베스타의 머리에 정말 큰일이 생겼다는 소리였다.

"왜, 무슨 일인데 그래?"

"할머니가 만들었던 다브의 프로토타입이 UD-012 베스타에서 발견됐어."

UD-012는 분옥이 처음 골랐던 스무 개의 뇌 중 유일하게 한국인에게서 추출한 뇌였다. 그리고 지금까지 살아남은 몇 안 되는 개체기도 했다. 문제는 UD-012에게 있지 않았다. UD-012에게 심어진 다브에는 특정한 소프트웨어가 깔려 있었다. 란희가 분석한 결과 그 소프트웨어는 지난 80년 동안 똑같은 기억만을 반복 재생하고 있었다.

UD-012, 고혁우. 나의 증조할아버지가 생전에 저질렀던 마지막 범죄를.

* 

고혁우는 살아생전 총 스물세 명을 죽였다.

남자와 여자, 아이와 노인 모두 표적이 되었지만 그중 가장 빈번히 살해당한 건 어린아이들이었다. 처음에는 보호자가 부재하거나 바쁜 집안의 아이들이 범행 대상이 됐지만 시간이 갈수록 점점 범행 수법이 대담해져 지켜보는 눈이 많은 가운데에도 대상을 물색하기 시작했다. 그 마지막 희생자가 분옥의 막내딸 윤형이었다.

분옥이 자신의 딸을 찾기 위해 어떤 노력을 들였는지, 그리고 싸늘한 주검으로 발견된 딸을 보고 어느 정도로 비통해했는지는 아무도 알지 못했다. 어쨌든 분옥은 그 순간부터 고혁우를 한시도 잊지 못했던 것 같다. 그렇지 않았다면 아라냐가 사람들의 뇌를 뜯어먹고 있는 와중에 고혁우의 뇌에 몰래 다브를 심을 생각을 하지는 못했을 테니까.

처음 고혁우의 얼굴이 세상에 알려졌을 때 내 할아버지
는 곧바로 이름을 바꾸고 오랜 시간 외국을 떠돌았다고 했
다. 그냥 살인자도 아니고 연쇄살인범을 아버지로 두고 한국
에서 살아갈 자신이 없어서였다. 그는 토목 일을 하며 생계
를 유지했지만 번 돈의 대부분을 술과 도박을 하는 데 썼다.
그러다가 도박판에서 한 남자와 시비가 붙었는데, 그를 죽
기 직전까지 패다가 문득 정신이 들었다. 기세등등한 누군가
가 금세 꼬리를 내리는 모습을 보다니. 기분이 좋아 견딜 수
가 없었고 동시에 끔찍했다. 지금 멈추지 않으면 이보다 더
한 자극을 찾을 것 같았다.

고혁우의 이름이 차츰 잊힐 즘 할아버지는 떠났을 때와 마
찬가지로 빈털터리가 돼 한국으로 돌아왔다. 그는 마음을 다
잡고 작은 구멍가게를 차렸다. 그곳에서 만난 손님이 내 할
머니였다. 그들은 아이를 낳아 성실히 길렀지만 할아버지는
걸핏하면 술과 도박에 중독되는 생활로 돌아갔다. 아빠에게
남은 기억은 할아버지와 할머니가 싸우던 순간뿐이었다. 아
빠는 고등학생이 될 때까지 자신의 핏줄에 대해서는 전혀 몰
랐다고 했다. 할아버지가 어느 날 자기 아버지가 고혁우라는
사실을 밝히고 아이처럼 엉엉 울지 않았더라면 아마 죽을 때
까지도 몰랐을 거라고. 아빠는 이 모든 사실을 내게 알려주
고는 이렇게 말했다.

"그래도 너희 할아버지의 고백이 나한테는 도움이 됐어.

살면서 뭘 조심해야 할지 알았거든."

아빠는 고혁우처럼 살인에 중독되지도, 할아버지처럼 술과 도박에 빠지지도 않았다. 오히려 절제와 검약이 몸에 밴 나머지 수도승 같은 인상을 풍겼다. 나는 그런 아빠를 볼 때마다 생각했다. 아빠는 중독되지 않는 행위에 중독되었다고. 그래서 누리고 싶은 것도 전혀 누리지 못하고 있다고.

미리 밝혀두자면 내가 베스타의 머리에 입사한 건 고혁우와는 아무 관련이 없었다. 나는 베스타의 머리가 주는 상징성, 그리고 그곳의 안정적인 월급이 마음에 들었을 뿐이다. 맹세컨대 나는 그의 식별번호도 알지 못했다. 그만큼 고혁우에게 관심이 없었다. 자기가 대단한 악인인 줄 아는 머저리가 내 조상이라는 사실이 탐탁지 않을 뿐이었다.

고혁우를 재조명하는 기사가 나온 며칠 뒤, 나는 정말로 베스타의 머리에서 임시 휴직 통보를 전달받았다. 말이 임시 휴직이었지 사실상 전수조사가 끝날 때까지 무기한 휴직하라는 명령이 떨어진 것이나 다름없었다. 기증된 뇌에 또 다른 다브가 설치돼 있지 않은지 검사하는 동안 나는 란희를 전혀 만나지 못했다. 란희의 부재. 나는 그 사실 때문에 반쯤 미쳤다.

나는 란희의 번호도 란희가 사는 곳도, 심지어 란희의 차 색깔조차 알지 못했다. 아라냐의 시체를 치우고 있으면 어느새 란희가 내게 다가왔고, 우리는 내 차를 타고 내가 사는 집으로 가 내 침대에서 짐승처럼 섹스했다. 그때마다 란희는 나를 관찰하듯 보았다. 일부러 더 아프게, 더 거칠게 나를 다뤘다. 마치 내 반응을 떠보듯이. 이래도 가만히 있을 거야? 내가 널 다치게 해도? 널 엉엉 울려도?

란희는 내가 반항하지 않아서 아쉬웠을지 모르겠다. 나는 란희의 손길이 거세질수록 오히려 순종했다(솔직히 말해 조금 즐겼다). 지금에 와 생각해보면 그 거칠었던 밤 역시 란희가 하는 연구의 일부였을 것 같다는 생각이 든다. 나는 공부와는 거리가 멀지만 그 연구의 제목은 대충 이런 게 아니었을까.

폭력성의 유전: 유전적·환경적 요인을 중심으로. 연쇄살인범의 증손주인 피실험자를 침대에서 엉엉 울리면 그는 과연 폭력성을 드러내는가?

답은 물론 '아니오'였다. 하지만 내가 무언가에 중독됐는가?라고 묻는다면 그 대답은 '예'였다. 란희. 나는 이 순간에도 그 여자의 어금니가 빨고 싶어 미칠 것 같았다.

∗

란희를 다시 만난 건 베스타의 머리에 있는 뇌 조사가 얼추 끝날 즘이었다. 장장 3개월에 걸쳐 진행된 작업에 따르면 보관된 뇌에 심긴 다브는 UD-012가 전부였다. 하지만 한 번 쏘아 올려진 화살은 예측할 수 없었던 다른 부분들까지 건드렸다. 인터뷰에서 신원을 밝히지 않은 한 시민은 "80년간 고문에 가까운 사적 복수를 당했으니 이제는 고혁우의 뇌를 베스타의 머리에서 해방해야 한다"고 했다. 과거에 아무리 악한 짓을 저질렀다고 해도 한 사람을 지옥에 빠뜨릴 수 있는 권리는 누구에게도 없다고도. 하지만 UD-012를 베스타의 머리에서 제거하는 순간 고혁우의 수명은 완전히 끝이 난다. 정확히는 그의 뇌 수명이.

인권 단체에서는 베스타 내에서 자연스레 생체 활동을 멈추는 것은 어쩔 수 없지만 지각 및 인지 능력을 지닌 뇌를 갑자기 장치에서 제거하는 건 비윤리적이라고 비판했다. 그것은 뇌사자의 호흡 장치를 제거하는 것이나 다를 바 없었다. 어떤 사람들은 분옥의 결정을 지지하고 응원했다. 특히 그와 비슷한 슬픔을 겪은 유족들은 자신에게도 분옥과 같은 능력이 있었다면 나쁜 놈들의 뇌를 열어 똑같은 고통을 겪게 해줬을 것이라고 장담했다. 그 생각을 당장 실현하려는 사람도 꽤 많았다.

다브 팀은 고혁우와 관련한 기사가 나가고 나서 셀 수 없을 정도로 많은 사연을 받았다. 그들은 모두 피해자였고 자신이 당한 죄를 가해자에게 똑같이 겪게 하고 싶어 했다. 베스타의 머리에 가해자의 뇌가 보관된 경우는 처절할 정도로 매달렸다. 유족들은 폐쇄된 베스타의 머리 앞에 진을 치고 앉아 다브를 제발 내놓으라고 소리쳤다. 이미 시신이 썩어 없어져 기억을 추출할 수 없는 경우를 위해 피해자가 겪은 상황을 최대한 유사하게 만들어주는 기억 생성 사업도 활기를 얻었다.

란희는 결국 기자회견을 열어 "다브는 현재 미완성인 상태이고, 다브를 사용할 시 베스타 내의 뇌 수명이 현저히 줄어드는 부작용이 있다. UD-012가 유일한 예외이며 이유를 파악 중"이라는 사실을 밝힐 수밖에 없었다. 베스타 안의 뇌는 누가 뭐라고 해도 자원이었다. 베스타의 머리 덕에 아라냐의 위협이 줄었다고 해서 방심할 수는 없었다. 아라냐는 종식된 게 아니었다. 뇌의 수명이 짧아질수록 베스타의 머리는 포충기로서의 역할을 수행하지 못할 것이고, 희생자는 80년 전만큼이나 늘어날 수도 있었다. 그래도 사람들은 포기하지 않고 란희에게 매달렸다. 제발 저 인간이 차라리 죽여달라고 외치게 해주세요!

란희는 유족들의 요구가 절정에 이르렀을 때 내 집에 찾아왔다. 늦은 밤이었다. 바깥에서는 어김없이 우주왕복선이 날아오를 준비를 하고 있었다. 소음을 피해 테라스 창을 닫으려고 하자 란희가 날 제지했다.

"그냥 열어놔. 발사되는 모습을 보고 싶어."

우리는 하늘 위로 날아가는 우주선을 구경했다. 1급 폐기물을 담은 우주선은 선체가 형광색이라 먼 곳에서도 알아볼 수 있었다. 나는 란희를 향해 물었다.

"혹시 내가 고혁우의 손녀인 거 알고 있었어?"

"어땠을 것 같아?"

"나야 잘 모르지……"

란희가 날 쏘아보면 나는 할 말이 없어졌다. 그냥 어서 침대로 가고 싶었고, 란희가 날 안아주었으면 했다. 그런 내 마음을 아는지 모르는지, 란희는 무감정한 눈으로 계속 나를 바라보았다. 내가 우물쭈물하고 있으니 란희가 품에서 손톱만 한 회로를 꺼냈다. 홀로그램 장치에 연결해볼 수 있는 메모리 칩이었다.

"할머니가 고혁우한테 심어뒀던 기억이야. 이곳에 복사해뒀어."

란희는 대외적으로 밝히지 않았지만 반복되고 있던 기억 일부에 암호가 걸려 있었다고 했다. 살해 장면이 담긴 마지막 부분을 제외하고는 처음과 중간 부분의 기억이 무엇인지 알 수 없었는데 연구진과 함께 어젯밤 모든 영상을 해독했다고도. 나는 란희의 의도를 알 수 없어 몸을 굳혔다.

"혹시 이것도 실험이야?"

"무슨 실험?"

"내가 이 영상을 보고 어떻게 반응할지 궁금해서 보여주려는 거지? 내가 고혁우랑 같은 핏줄이라서."

란희는 미간을 찡그렸다. 그게 무슨 말도 안 되는 소리냐고 묻는 것처럼.

"궁금한데 나 혼자서는 도저히 못 보겠어서 그래. 내가 너 아니면 누구랑 봐?"

나는 사실 그 영상을 보고 싶지 않았다. 누군가가 고통받는 영상을, 특히 고혁우가 죽인 아이를 보는 것만은 피하고 싶었다. 하지만 "내가 너 아니면 누구랑 봐?"라는 란희의 말을 들었을 때는 말없이 란희의 곁에 앉고 말았다.

나는 뜨거워진 목덜미를 가리기 위해 몸을 웅크렸다. 란희가 벽면에 설치된 구형 홀로그램 장치를 실행시켰다. 시디플레이어와 비슷하게 생긴 동그란 기기에 손을 올리자 칩을 넣을 수 있는 곳이 튀어나왔다.

"시작한다."

란희가 칩을 넣고 재생 버튼을 눌렀다. 나는 긴장됐다. 처음부터 유혈이 낭자하면 어떡하지? 홀로그램 장치의 표면을 이루고 있는 조그만 렌즈들이 움직이더니 상을 만들어 허공에 쏘았다. 내가 가지고 있는 기기는 다행히 시청각과 후각 정보까지만 재현할 수 있었다. 어두운 지하실이나 버려진 창고가 나타날 거라는 예상과 달리 처음 나타난 곳은 신생아실이었다. 란희와 나는 울음을 터뜨리는 조그만 아이를 보았다. 부드러운 목소리가 아이를 "윤형아"라고 불렀다.

"이건 너희 할머니 기억 아냐?"

란희가 내 입을 막으며 검지를 세웠다. 다음 장면에서 아이는 훌쩍 커 있었다. 웃고, 옹알이하고, 첫걸음마를 떼고, 달리고, 학교에 들어가고, 시험에서 만점을 맞았다가 돌연 친구랑 싸우고 눈물을 흘렸다. 처음으로 뽀뽀를 거부하고, 아팠다가, 정말 많이 아팠다가 씻은 듯이 나아 다시 힘차게 뛰어다녔다. 분옥의 일기장이 잠시 나타났다.

네가 징징징 울다가 하하하 웃는 모습이 좋아.

영상은 물 흐르듯이 윤형의 시점으로 옮겨갔다. 윤형이 처음 비를 맞았을 때, 움직이는 벌레를 보았을 때, 눈을 밟았을 때, 바닷물을 느꼈을 때, 레몬을 입으로 깨물었을 때, 수국을 처음 보았을 때, 썩어가는 낙엽 냄새를 맡았을 때, 엄마의 따뜻한 품에 안겼을 때, 엄마가 오늘 늦는다고 말했을 때, 상주 가정부가 잠시 외출했을 때, 호기심에 열린 현관문을 기웃거렸을 때, 그리고 낯선 남자의 손에 끌려갔을 때. 비좁은 지하실에 갇혔을 때. 창살 사이로 죽어 있는 새의 냄새를 맡았을 때. 오줌이 마려웠을 때. 밥을 먹지 못했을 때. 엄마가 너무 보고 싶었을 때가 이어지고 다시 이어졌다. 추위에 손이 곱아 무릎 사이에 손가락을 밀어 넣었을 즘, 고혁우가 나타났다.

그 얼굴을 어떻게 묘사해야 할까. 두려움과 긴장이 뒤섞인 표정을.

역겹다거나 징그럽다는 단순한 말로는 표현할 수 없었다. 기뻐 보이기도 했지만 슬픈 듯하기도 했고, 한편으로는 들떠 보였다. 고혁우가 등 뒤에 손을 감춘 채로 천천히 다가왔다.

"엄마 보러 가자."

나는 장치를 멈췄다.

"더 못 보겠어."

손에는 식은땀이 고여 있었다. 란희의 표정은 덤덤했다.

"어떻게 고혁우가 부작용을 버텨낸 건지 대충 알겠어."

핵심은 인격이었다. 란희는 다브에 삽입된 분옥과 윤형의 기억들이 본래 고혁우의 주된 자아에 영향을 미쳤을 거라고 했다. 고혁우가 죽지 않았으면 하는 분옥의 마음이 그의 뇌에 영향을 줬을 것이라고도. 윤형의 천진함과 분옥의 사랑역시 고혁우에게 스며들어 그는 원하지 않아도 윤형의 두려움과 분옥의 모정과 분노를 느꼈을 것이었다.

"할머니는 알았던 거야. 딸이 살해당한 기억만으로는 고혁우를 괴롭힐 수 없다는 걸."

란희는 윤형이 살해당하는 장면을 건너뛰어 저장된 기억의 가장 마지막 부분으로 넘어갔다. 분옥이 죽은 윤형을 맞닥뜨렸을 때 아이의 시체는 아직 따스했다. 분옥은 윤형의 시신을 자신의 코트로 감싸 곧장 부검실로 달려갔다. 분옥은 눈물을 흘리지 않았다. 그저 아이의 뇌를 최대한 잘 보존하기 위해 노력했다. "다시 만나자, 아가. 반드시." 그 목소리가 칩에 저장된 마지막 음성이었다. 고혁우가 사랑하는 대상을 상실하는 마음을 아는 것. 그게 분옥이 진심으로 원했던 것임을 나는 깨달았다.

"최고의 복수였네. 그렇지?"

"나는 복수하지 않고 자멸하는 이야기가 더 좋아."

란희는 홀로그램 장치에서 꺼낸 칩을 내게 건넸다.

"이게 내가 완성한 첫번째 다브야."

"그냥 메모리 칩이 아니었어?"

"다브에게 고혁우의 기억을 학습하게 할 생각이었거든. 고혁우 같은 범죄자들을 교정하는 데 먼저 쓸 수 있을까 해서."

란희는 이제 그 생각의 폭을 더 넓혀 사람들이 다브의 판단에 전적으로 의지할 수 있도록 진화된 모델을 만들고 싶다고 했다.

"초기에 다브를 만든 건 순전히 수익을 위해서였지만 저 영상을 본 지금은 마음이 달라졌어. 모두가 보편타당한 결론을 내릴 수 있게 해야 해. 끔찍한 충동에 사로잡히지 않도록."

나는 그 말을 듣자마자 분옥의 말이 떠올랐다.

아무리 환한 빛을 허공에 쏘아 올려도 그곳엔 해결할 수 없는 어둠이 남는다.

란희가 말한 것처럼 다브의 성능을 높여 보급할 수 있다면 이제 사람들에게는 빛만 남는 걸까?

란희는 계속해서 고민에 빠졌다. 조금 전 보았던 영상을 되새기는 것 같았다. 분옥과 윤형, 그리고 고혁우를.

나는 란희의 무릎에 누워 테라스 창문을 봤다. 밤하늘은 발사대에서 뿜어져 나오는 빛을 받아 환했다. 란희가 할머니와 윤형의 일을 너무 깊게 생각하지 않았으면 했다. 사람은 과거를 곱씹을 때 망가지곤 하니까. 일이 일어난 때가 아니라 고통이 지나간 자리를 더듬을 때.

내가 다브를 주머니에 숨기려고 하니 란희는 그것을 오히려 선물로 주었다.

"칩 아래쪽을 두 번 누르면 기기를 초기화할 수 있어."

란희는 다브 상용화 계획 때문에 당분간 바빠질 거라고 했다. 고혁우와 관련한 사례를 다른 다브에게 효과적으로 학습

시킬 방법이 떠오른 모양이었다. 프로그램을 수정해야 하니 다브의 첫 완제품은 이제 필요 없다는 말을 끝으로 그 애는 내 방을 떠났다. 치사하게 입 한번 맞춰주지도 않고.

그 순간 란희의 머릿속은 빛, 어떤 어둠도 허용하지 않을 것 같은 빛으로 가득했다. 나는 란희가 뿜어내는 빛을 피해 그 애의 발밑에서 머물렀다. 란희의 모습으로 깎인 음지는 차가웠다. 영원히 따스해지지 않을 것처럼.

*

이쯤에서 란희가 모르는 사실 하나.

사실 내 머릿속에는 아라냐가 있다.

그것도 개미보다 더 작은 아라냐가.

아라냐가 뇌를 먹어 치우다가 중간에 멈추면 치명적인 감염증에 시달려 곧 죽게 되지만, 다행히 나는 뇌가 온전한 상태로 아라냐와 공생하게 되었다. 조그만 아라냐가 내 머릿속에 들었다는 사실을 안 건 베스타의 머리에서 일하게 된 직후였다. 한창 아라냐의 시체를 치우고 있는데 어디선가 목소리가 들렸다.

[안녕. 나는 네 머릿속에 있어.]

처음에는 환청이라고 생각했다. 아라냐와 대화할 수 있다는 이야기는 들어본 적이 없었으니까. 정수리 부근이 지끈거려 손을 가져다 대니 평소라면 느낄 수 없는 조그만 돌기가 만져졌다. 혹시 먹힌 건가 싶어 놀란 순간 아라냐가 몸을 뒤척였다. 어디를 건드린 것인지는 몰라도 나는 발작하듯 웃음을 터뜨렸다. 아라냐가 사과했다.

[미안해. 자세가 불편해서.]

내 머릿속 아라냐는 자신을 녹티아라고 부르라고 했다. 내 머릿속에서 가장 아름다운 진동수를 지닌 글자를 조합한 결과라나.

[마음속으로 말해봐. 난 지금 네 뇌와 연결돼 있으니까 뭘 말하려고 하든 알 수 있어.]

녹티아는 나와 이야기할 수 있어 기쁜 듯했다. 본래 아라냐들은 타 종족과 교류하는 편이 아니지만 그는 자신이 다른 아라냐들과 달리 친화적이라고 했다. 녹티아가 이후 들려준 이야기는 놀라웠다. 자웅동체인 아라냐(녹티아는 자기 종족을 부르는 정확한 명칭을 알려주었지만 그것을 발음하기는 어려웠다. 최대한 유사하게 발음을 써보면 '뜨아욱체'와 비슷하나, '뜨'와 '트' 사이의 발음에 가까웠고, '욱'에 긴 강세를 줘야 했다)는 보통 탄생과 동시에 최대한 많은 상대와 짝짓기하고 아이를 낳을 곳을 찾아 우주를 헤매는데, 인간들의 서식처는 아라냐들에게 2천 년 전부터 내려온 최고의 산실産室이었다.

[말도 안 돼. 아라냐가 발견된 건 아직 80년밖에 되지 않았는걸.]

[우리가 너희 머릿속을 파고든 건 80년 전이 맞아. 하지만 우리의 진동은 아니지.]

초기 아라냐들에게는 본래 구강이나 소화기관이 없었다. 그들의 주식은 진동이었다. 대기의 떨림을 긴 관 모양의 몸으로 받아들여 운동에너지를 생체에너지로 전환해 썼다. 문제는 고향 행성의 대기가 날이 갈수록 엷어지고 있다는 것이었다. 중력이 약한 행성이라 대기량 자체가 적었는데, 지면을 데워주던 항성마저 점점 죽자 공기가 순환되지 않기 시작했다. 아라냐들은 고향을 떠나 이주를 시작할 수밖에 없었다. 운이 좋은 개체는 대기가 있는 행성에 머물렀지만 대부분은 아니었다. 그들에게는 안정적으로 에너지를 공급해줄 수 있는 질 좋은 공기가, 그리고 그 공기를 순환시켜줄 생명체가 필요했다.

그렇게 우주를 떠돌던 어느 날 몇몇 아라냐가 가지각색의 떨림으로 가득한 행성을 발견했다. 상공에 머무는 동안 다양한 주파수가 그들의 몸으로 느껴졌다. 가죽을 무두질하는 소음과 피부를 꿰뚫는 화살촉의 날카로움. 끝나지 않는 함성과 비명이. 녹티아의 음성(음성이라기보다는 마음속에 떠오르는 문자에 가까웠지만)이 잠시 멈췄다. 선조의 역사에 감응하는 것 같았다.

[선지자들이 가장 좋아한 건 비명이었어. 단단하게 유지하고 있던 몸의 균형을 무너뜨릴 만큼 강력한 떨림 말이야.]

지구에 도착한 아라냐들은 곳곳으로 흩어져 사람들을 자극하는 주파수를 내보내기 시작했다. 탐하고, 무너뜨리고, 자괴할수록 인간들이 내뿜는 진동 역시 강해졌다. 우주에 흩어져 있던 다른 동족을 지구로 불러오고 싶을 만큼. 그들은 지구의 좋은 것들을 자신의 가족들과 나누고 싶어 했다. 새로운 아라냐들이 지구에서 태어나는 천 년 동안 속속들이 다른 동족이 도착했다. 예상하지 못했던 건 세대 차이에서 일어났다. 기존에 지구에서 머물던 아라냐들과 후세대의 진화 정도가 달라, 이전 세대는 진동으로도 충분히 에너지를 얻었던 것과 달리 후세대는 긴 막대형 몸체를 피식 대상에게 직접 꽂는 '정결하지 않은 방식으로만'(초기 아라냐들의 표현에 따르면) 힘을 얻었다. 결국 선대와 후대 아라냐들 사이에 피할 수 없는 싸움이 일어났다. 승자는 당연히 후세대였다. 그들은 자신의 선조들보다 몸집이 컸고 더 포악했으며 상대를 죽이는 데 거침없었다. 그 떨림. 아라냐가 죽기 직전 터져 나오는 고유한 진동이 사방으로 퍼질수록 인간들의 동요 역시 커졌다. 아라냐와 사람들의 고통과 쾌락이 실시간으로 상호작용한 나머지 끝없는 발전과 쇠퇴, 전쟁이 찾아왔다. 싸움은 길었다. 80년 전 아라냐들 사이의 전쟁이 종식되지 않았다면 인간들의 수 역시 큰 폭으로 줄었을 것이라고, 녹티아는 말했다.

[그날, 너희의 인공위성이 우리를 처음으로 감지한 때에 어느 때보다도 많은 후세대 아라냐들이 이 행성에 도착했어. 나도 그중 하나였고. 후세대가 전쟁에서 이긴 결과였지.]

녹티아는 약하거나 장애를 지닌 아라냐들은 지구에 도착한 즉시 도태되었다고 했다. 누구도 사냥을 대신해줄 수 없기에 많은 아라냐가 굶주림으로 죽어갔다. 녹티아는 어쩔 수 없이 더 강한 아라냐에게 빌붙어 그들이 남긴 뇌 찌꺼기를 먹으며 연명했다. 다른 아라냐에 비해 뼈대가 부드럽고 크기가 천 분의 1 수준으로 작은 대신 아주 적은 양의 뇌만 먹어도 생존할 수 있었다. 기생해 살던 아라냐가 죽기 전까지는.

[널 처음 만난 날 나는 환한 빛으로 가득한 공간에서 동족의 시체를 붙들고 누워 있었지. 그리고 널 본 거야. 정확히는 네 코를. 난 마치 먼지처럼 피어올라서 네 코로 파고들었어.]

[하지만 난 아무것도 못 느꼈는데.]

[그만큼 내가 작았으니까. 나는 아주 적은 양의 뇌만 먹어도 살아갈 수 있어. 네가 병들어 죽는 시기가 돼도 나는 네 뇌의 백 분의 1도 먹지 못할 거야.]

[그래서? 설마 내 뇌에서 계속 살겠다는 거야?]

[내 말은 네 머리에서 조금 쉬어도 되느냐는 거야. 난 네가 내뿜는 진동이 좋아. 특히 네가 그 검은 머리 여자를 볼 때 내뿜는 진동이.]

녹티아는 수줍게 말했다. 내가 굳이 병원에 찾아가 머릿속에 든 이 발칙한 외계 생명체를 빼달라고 부탁하지 않은 건 녹티아가 란희를 언급했기 때문이다. 나는 그 당시 이미 란희가 좋았고, 란희도 나를 좋아하기를, 좋아하지 않는다면 한 번만이라도 자주기를 바랐다. 사랑은 불가항력. 그렇게 녹티아는 이번에는 내 사랑에 기생해 생을 연명하게 되었다. 란희를 칭찬하고 그 애와 나의 사랑을 응원하며.

[아주 조용하게 네 머릿속에서 살게. 대신 두통약만 좀 참아줘. 몸이 거의 마비되거든.]

[알겠어. 그런데 모든 아라냐는 태어나자마자 짝짓기한다고 했잖아. 너도 설마?]

[그럴 리가. 내 몸으로 뭘 했겠어?]

녹티아는 겸연쩍어 보였다. 저런. 교미의 즐거움을 모르다니…… 녹티아에 대한 동정심, 그리고 그의 어수룩한 태도에 넘어갔는지도 모르겠다. 한 달이 가고 두 달이 지나도 내 지각 능력에 변화가 없자 나는 녹티아를 그냥 내버려두었다. 녹티아가 슬쩍 지나가며 말했듯이 그가 내 뇌를 조금씩 파먹는 동안 신경을 마비시키는 물질이 분비돼 나는 녹티아와 공생하는 내내 기분이 아주 괜찮았다. 내가 생각하기에 녹티아는 오히려 내 몸을 재건해주는 것 같았다. 노폐물이 쌓이지 않게 뇌를 관리해주고, 마치 집을 청소하듯 머릿속을 보살폈다. 거기다 녹티아는 아주 조용해졌다. 가끔은 내가 녹티아와 대화한 게 꿈처럼 느껴질 정도였다. 그러나 란희를 만나거나 란희를 생각할 때면, 녹티아는 갑자기 나타나 이렇게 말했다.

[역시 난 네 진동이 좋아. 여기서 계속 살고 싶어.]

진동의 출처는 언제나 란희였다. 그러므로 란희가 다브를 보여주고 떠난 날, 나는 녹티아를 붙들고 하소연할 수밖에 없었다.

[란희는 언제나 나보다 일이 먼저야. 우린 망했어. 네가 좋

아하는 진동도 이제 끝이라고. 란희는 다브에 미쳐서 날 이 골방에 계속 내버려둘 거야.]

[너무 흥분하지 마. 란희는 널 좋아하고 있어. 다브 같은 건 네가 설득만 잘하면 더는 개발하지 않을 거야.]

[정말 그럴까?]

[그럼. 네 마음의 소리를 들어봐. 그게 옳은 일 같아? 인간 의 어두운 면을 지우는 게 정말 가능하겠느냐고.]

[그건 어렵겠지.]

[그래. 그러니까 네가 나서야지. 애인을 올바른 길로 이끌 어줘야 하지 않겠어? 다브 같은 걸 인간들 머릿속에 심으려 는 미친 계획을 저지해. 그리고 란희를 되찾는 거야.]

란희를 되찾기. 그 말이 내 마음을 흔들었다.

[좀더 말해봐. 내가 어떻게 해야 할까?]

[우선 란희와 자주 만나야지. 란희가 생각을 바꾸도록 그 애의 마음을 파고들어. 걔 할머니의 말을 떠올리게 해. 세상 에 아무리 환한 빛이 들이쳐도 어둠은 남는 법이라잖아.]

[……대화하기 전에 몸으로 유혹해볼까?]

[뻔한 건 안 돼. 한 번도 보여주지 않았던 네 모습을 보여 줘야지.]

란희가 보지 못한 내 모습이 있을 리가 없었다. 자신감이 떨어진 나를 위로하고 싶었는지 녹티아가 몸을 뒤척였다. 웃 고 싶지 않아도 웃음이 터져 나왔다. 녹티아의 말투가 한결 부드러워졌다.

[추연. 괜찮아. 넌 할 수 있어. 한 부분을 집중해서 파고들어. 란희가 네 정답이야.]

나는 테라스에 섰다. 컴컴해진 하늘 아래로 아라냐들의 시체를 실은 우주선이 보였다. 발사대에 올려진 기체는 며칠 후 무수한 유리 막대를 궤도 밖에 내버리고 돌아올 것이다. 아라냐들을 지구에서 완전히 몰아낼 방법을 모르니 사람들은 그들을 죽이거나 유기해야 했다. 삶이 불행한 건 대개 옵션이 없어서였다. 그런 점에서는 나 역시 불행했다. 내게는 란희 말고 선택지가 없었다.

나는 홀로그램 장치에 다브를 꽂아 넣고 저장된 기억의 마지막 부분, 고혁우가 윤형을 죽이던 순간을 확인했다. 란희가 다브를 보급하겠다고 결심한 결정적인 이유가 궁금했다. 영상은 고혁우 집의 지하실에서 시작됐다. 윤형의 겁에 질린 목소리를 듣지 않기 위해 볼륨을 최소한으로 줄였다. 영상에는 윤형이 마지막 숨을 내쉴 때까지의 장면이 빠짐없이 기록돼 있었다. 고혁우는 한순간도 망설이지 않았다. 마치 정해진 일과를 끝내듯 죽은 아이의 맥박을 확인하기까지 했다. 다음 순간 경찰들이 들이닥치지 않았다면 그는 앞서 다른 피해자들에게 했듯이, 윤형의 속눈썹과 귀를 전리품으로 가져갔을 것이다. 그러나 그 전에 경찰들이 도착해 고혁우를 덮쳤고, 다행히 윤형의 시신은 보전됐다. 분옥에게는 그 사실이 아무 의미도 없었겠지만.

영상이 모두 끝나고 분옥의 기억이 다시 재생될 즘, 나는 장치의 전원을 껐다. 세상의 모든 어둠을 밝히겠다는 란희의 마음이 여전히 이해되지 않았다. 빛이 강할수록 그림자는 짙어지는 법이었다. 다브가 만들어낼 그늘이 발을 딛기 어려울 정도로 깊어진다면 그때는 어떻게 해야 할까?

한편으로는 고혁우처럼 자기 안의 어둠을 사람들 앞에 끄집어내는 것만은 막아야 한다는 생각도 들었다. 다브가 최악의 경우만 막아줄 수 있어도 인류의 미래는 다른 방향으로 나아갈 것이다. 그래, 그럴 수만 있다면⋯⋯⋯ 녹티아가 내 생각의 흐름을 막았다.

[추연. 사람에게는 때로 깊은 어둠이 필요해. 어둠은 그림자와 동의어가 아니야. 어둠은 그늘이야. 저열함 속에서 우리는 숨을 쉴 수 있어. 빛 아래 납작 엎드린 어둠. 더럽고 지저분하고 질척이는 것들. 언제든 야수처럼 튀어나오고 싶어 하는 암흑이 있어야만 빛은 따가운 열기가 아니라 빛으로 남을 수 있는 거야. 그러니 다브를 퍼뜨릴 계획을 저지해. 너희의 열망을 엿봐. 긴장해. 그래야 또 다른 고혁우를 막을 수 있어.]

[그래, 네 말도 일리 있어. 하지만 란희의 생각도 잘못된 건 아냐.]

우리가 우리의 어둠을 통제할 수 있다는 믿음은 옛것이었다. 숱한 경고가 여러 번 울렸지만 유의미한 변화는 없었다. 다시 피를 흘리는 것보다야 우리의 통제력을 더 이성적인 존재에게 넘기는 게 맞지 않을까? 이를테면 다브 같은. 머릿속에서 녹티아가 꿈틀거렸다. 이번에는 웃음이 터져 나오는 대신 꼬리를 물던 생각이 마치 스위치를 내린 듯 정지했다.

[단순하게 생각해. 다브를 개발하면 란희는 바빠질 거야. 란희가 널 아껴주지 않아도 괜찮아?]

[……그건 안 돼.]

[불안하면 어서 움직여. 쟁취해. 너의 란희를 되찾아.]

녹티아는 끊임없이 몸을 뒤척였고, 날카로운 무언가로 내 머릿속을 찌르기도 했다.

[어서 움직이라니까? 꾸물거릴 시간이 없어!]

나는 그날 저녁 란희에게 연락했다. 베스타의 머리에서 만나자고, 네게 중요하게 할 말이 있다고. 시판용 다브에 관한 공개 발표가 예정된 날, 란희의 마음을 돌릴 생각이었다. 녹티아는 기뻐하며 몸을 떨었다. 다브가 벌써 자취를 감춘 것처럼.

　

하지만 여기서 녹티아가 간과한 사실 하나.

나는 란희를 녹티아의 생각보다 더 좋아했다.

그래서 뇌가 녹진해질 때까지 녹티아에게 시달리면서도 란희를 만난 순간 그 애에게 이렇게 말할 수밖에 없었다.

"역시 네 말이 맞는 것 같아. 괜찮으면 날 다브의 첫 실험체로 써줄래?"

[너 제정신이야? 우리가 한 말 잊었어?]

녹티아는 내 머릿속에서 날뛰었다. 다 잘돼가고 있었는

데. 기회를 줬더니 내가 말아먹었다고. 여자에게 미쳐서 인류가 보전될 기회를 걷어차다니. 그년이랑 네가 침대에서 한 짓들 내가 알고 있는데! 나는 비실거렸다. 란희가 얼굴을 찡그렸다.

"너 혹시 약 먹었어?"

"아니, 지금부터 먹어야 할 것 같아. 두통약 좀 줄래?"

우리는 베스타의 머리 가장 상층부, 란희의 개인 연구실에 앉아 있었다. 란희는 연구실 캐비닛을 뒤져 패치형 두통약을 내 손목에 붙였다. 사고가 느려지면서 눈꺼풀이 점차 감겼다. 녹티아의 활동량 역시 눈에 띄게 줄었다. 머릿속이 조용해지고 나서 나는 연구실 중앙에 섰다. 그곳에는 고혁우의 뇌가 담긴 베스타가 놓여 있었다. 기기와 연결된 모니터 위로 같은 문장이 연속해 떠올랐다.

더 재밌는 걸 보여줘.

"할머니의 다브에서 벗어난 순간부터 저 문장만 반복하고 있어. 불안정했던 뇌파도 벌써 회복 중이야."

란희는 분노를 참고 있는 것 같았다. 고혁우는 오랜 시간이 지난 지금도 변화하지 않은 듯했다. 사람들을 조롱하고 화를 북돋는 것만이 그의 기쁨이었다. 란희는 고혁우의 뇌를 당장 망가뜨리고 싶은 눈치였으나 안타깝게도 그럴 수 없었다. 고혁우가 끔찍한 말을 지껄일수록 아라냐들은 그의 뇌를 파먹고 싶어 안달할 것이다. 수많은 아라냐가 고혁우라는 미끼에 붙잡히는 동안 란희가 다브를 보급한다면 상황은 달라질 것이다. 아라냐들의 끊임없는 침공을 이번에는 막을 수도 있었다. 그때쯤 지구에는 매력적인 진동이란 더는 존재하지 않을 테니까.

나는 란희가 내게 주고 간 다브를 초기화했다. 아무것도 담지 않은 빈 다브가 나와 란희 사이에 놓였다.

"난 뻔뻔하고 집요하고, 한곳밖에 못 봐. 내게도 고혁우의 피가 흐르고 있다는 증거지. 나만큼 생체 실험 상대로 적합한 사람은 없어."

"다브는 아직 안정화 단계가 아니야. 욕망을 제대로 느끼지 못해서 더럽게 재미없는 인간이 될 수도 있어. 수명도 줄어들 거고."

"네게 도움이 될 수 있다면 아무래도 상관없어."

란희가 내 손을 꽉 쥐었다. 아직 청소부들이 복직하지 않은 연구실 곳곳에는 아라냐들의 시체가 쌓여 있었다. 고혁우가 있는 베스타 밑은 투명한 유리 막대로 가득했다. 때마침 레이저 총이 베스타의 머리 중앙부를 겨눴다. 고혁우의 냄새를 쫓아 들어온 아라냐들이 건물 중앙부에 난 구멍을 통해 달려들었다. 섬광이 터진 지 얼마 되지 않아 아라냐들은 조각조각으로 흩어졌다. 나는 아라냐의 시체를 발로 찼다.

"우리에게도 선택지는 있어야 하잖아. 안 그래?"

나와 란희는 베스타의 머리 입구로 향했다. 다브의 첫 공식 발표를 앞두고 이미 많은 사람이 건물 바깥에 모여 있었다. 란희는 공식 석상에 서기 전, 나를 붙들었다.

"사실 다브의 프로토타입을 분석하면서 새로 알아낸 사실이 있어. 할머니는 그 장치를 일부러 완성하지 않았던 것 같아."

다브가 불러올 파급효과를 분옥조차 상상할 수 없었던 것 같다고, 란희는 조심스레 추측했다. 스포트라이트가 터졌다. 다른 연구원들이 미리 마련해둔 연단에는 수국이 꽂혀 있었다. 사람들을 설득할 시나리오는 이미 준비된 것 같았다. 이제 중요한 건 란희의 결단이었다. 나는 란희를 연단이 있는 쪽으로 밀었다.

"기억해. 넌 갈림길을 만드는 것뿐이야. 우리가 이대로 계속 살 것인지, 아니면 다른 무언가가 될 것인지."

란희는 결국 연단을 향해 걸었다. 나는 로비에 서서 란희의 멀어지는 뒷모습을 지켜보았다. 뜨거운 태양이 내리쬤다. 두통약의 효과가 서서히 떨어졌다. 등을 벽에 기대자 녹티아가 힘없이 말을 걸었다.

[네가 내 말을 따랐다면 우리 결말은 조금 달랐을 거야.]

[잠깐 잊었나 본데 넌 내 호의 덕에 살아남은 거야. 란희가 널 내 머릿속에서 꺼내기 전까지 남은 생이나 즐겨.]

녹티아는 화가 났는지 내 머릿속 한 부분을 거세게 파고들었다. 나는 고통을 이기지 못하고 몸을 움츠렸다.

[뭘 하는 거야?]

[역시 넌 좋은 진동을 가졌어. 아직은 때가 아니지만 어쩔 수 없지.]

83

머리가 쪼개질 것처럼 아팠다. 벌레들이 뇌를 파먹는 것 같았다. 몸을 뒤틀기 무섭게 수많은 포자가 내 입과 코를 타고 빠져나왔다. 자세히 보니 그것들은 조그만 아라냐였다. 녹티아가 낳은 아이들이 분명했다. 나쁜 새끼. 섹스 한 번 안 해본 척하더니······

나는 괴로움을 이기지 못하고 쓰러졌다. 녹티아는 죽기 직전 내게 속삭였다.

[내 아이들이 란희에 대한 네 감정을 다 먹어 치웠어. 너한 테 유전된 어둠은 앞으로 어디를 향하게 될까?]

녹티아의 웃음소리가 머릿속을 메웠다. 환한 햇살 아래로 녹티아의 2세들이 무수히 퍼져 나갔다. 나는 그 모습을 보며 깨달았다. 아라냐들의 목표는 번식이 아니었다. 그들의 목표는 분화였다. 기존의 아라냐들은 새로운 종과 경쟁하며 더욱 번성할 것이다. 어쩌면 다브를 보급하는 속도보다 더 빨리.

저 멀리서 란희가 나를 향해 달려왔다. 사람들이 몰려드는 가운데, 부드러운 손이 나를 끌어안았다. 나는 란희에게 속삭였다.

"어서 내게 다브를 집어넣어."

란희는 헛소리하지 말라고 소리쳤다. 란희가 우는 모습을 보는 건 처음이었다. 고통 때문이었을까? 우는 란희를 보면 서도 흥분하지 않다니. 그래도 나는 다브가 내 뇌의 빈 부분을 메워줄 것이라고 믿었다. 사랑의 시냅스를 연결해 내가 다시 란희를 탐할 수 있도록. 내 안의 어둠이 오직 란희에게

만 향하도록.

　란희의 등 뒤로 햇살이 내리쬤다. 가장 깊은 어둠이 우리
의 발밑에 있었다.

두번째 선악과

김이환

**기억 1**

그림자 사람에 대한 최초의 기억은 '이상한 꿈'이다.

꿈속에서 나는 초록색 잎이 무성하고 굵은 나뭇가지가 하늘로 높이 뻗은 큰 사과나무 앞에 있었다. 초록색 잎 사이로 선명하게 빛나는 빨간색 사과가 보였다. 나는 무척 목이 말랐다. 가장 낮은 가지에 달린 사과를 붙잡아 비틀어 떼어내고 그대로 깨물었다. 과육이 입에 들어오는 순간 갈증이 사라졌다. 그러자 무언가 낯설고 새로운 일이 일어났다. 나는 내가 아니라 다른 사람의 시점으로 나를 보았다. 나는 한입 깨문 사과를 들고 있는 나 자신을 마치 카메라를 통해서 보듯이, 혹은 카메라로 녹화한 영상을 제삼자가 바라보듯이 바라보았다. 그리고 그 시선 역시 나의 시선이었다.

아주 짧은 꿈이었다. 그때까지는 그 꿈이 뭘 의미하는지 몰랐다.


**기억 2**

그림자 사람에 대한 다음 기억은 '환청'이다.

신용카드를 잃어버린 줄 알았던 일을 말해야겠다. 그날 나는 기본소득 센터에 가려고 지하철역을 향해 열심히 달렸다. 면접 시간은 오후 2시 반이었고 그곳까지는 한 시간 넘게 걸렸는데, 이미 1시 반이 지나 있었다. 늦지 않으려면 최대한 빨리 지하철을 타야 하는 상황이었다. 무거운 가방을 멘 채로 급히 뛰어가 개찰구를 통과하려는데, 교통카드로도 사용하는 파란색 국민은행 카드가 지갑에 없었다. 주머니에도 없었다. 지하철 타고 가면서 읽으려고 넣어둔 책 두 권으로 빵빵한 가방에도 없었다. 잃어버렸나? 덜컥 겁을 먹었다. 아니야, 집에 두고 왔을지도 모르니까. 나는 다시 집으로 달려갔다. 카드는 책상에도 침대에도 어제 입었던 옷 주머니에도 없었다. 멍하니 방 안을 둘러보다가, 지갑을 꺼내면서 개찰구 앞에 떨어뜨렸는데 못 알아챘나 싶은 생각이 퍼뜩 들었다. 카드를 떨어뜨리고는 집에 뒀다고 섣불리 판단해서 괜히 돌아온 거면 어쩌지? 다시 지하철역으로 돌아갔으나 그곳에도 카드는 없었다.

신용카드를 마지막으로 사용한 정확한 장소가 기억나지 않았다. 어제였던 건 분명했다. 어디에서 썼지? 카드를 잃어버리고도 밤새 몰랐을까? 분실 신고부터 해야 하나? 은행에 전화를 걸까? 은행 앱으로 할까? 그때 갑자기 어디선가 목소리가 들렸다.

[편의점.]

맞다, 카드를 마지막으로 사용한 곳은 편의점이었다. 밤에 배가 고파서 편의점에 빵을 하나 사러 갔다가 담배도 사고 캔 커피도 사고 컵라면도 하나 샀다. 살 빼야 하는데 왜 먹을 걸 잔뜩 샀지, 후회하면서 집에 왔다. 그러곤 결국 다 먹었다.

헐레벌떡 뛰어서 편의점으로 갔다. 피곤해 보이는 표정의 편의점 직원에게서 무사히 신용카드를 건네받았다. 카드를 찾자 마음이 놓이면서 동시에 몸에서 기운이 죽 빠졌다. 터덜터덜 걸어서 지하철역으로 돌아와 마침내 개찰구를 통과했을 때는 이미 2시 반이 넘어 있었다.

당연히 면접에 늦었다. 직원은 친절하게 안내했지만, 약속 시간이 지났으니 다른 사람들이 면접을 마치고 빈 시간이 날 때까지 기다릴 수밖에 없다고 했다. 나는 한 시간 40분을 센터 로비에서 기다렸다.

흥분이 가라앉고 나자, 편의점이라는 목소리를 들은 순간이 다시 떠올랐다. 목소리가 너무 선명해서 마치 누군가가 내 뒤통수에다 말해준 것만 같았다. 생각이 목소리처럼 들렸겠지 싶으면서도, 꼭 외부에서 들리는 것 같은 목소리였다는 생각이 자꾸 들었다. 혹시 내가 환청을 들었을까?

## 기억 3

내가 실직 후 기본소득을 받은 사연은 짧다.

나는 장사가 무척 안 되는 카페의 바리스타였다. 손님이 없어서 수익이 나지 않자, 고민하던 사장은 내부를 리모델링해 무인 카페로 바꿨다. 인건비를 줄이려는 의도였다. 직원이었던 나는 노동자가 필요 없는 그곳에서 쫓겨났다. 로봇팔이 커피를 뽑는 카페에는 손님이 많이 찾아왔다. 사람이 없어지자 사람이 늘어나다니 재미는 일이라고, 사장은 나중에 카톡으로 내게 메시지를 보냈다. 일반 카페 한 곳을 차리는 것보다는 그 돈으로 무인 카페 두 곳을 차리는 편이 더 수익성이 좋다고 조언하기까지 했다. 누구를 위한 조언인지는 나도 모르겠다.

백수가 되니 먹고살 길이 막막해서 고민이 많았다. 그때 뜬금없는 일이 일어났다. 한 정치인이 기본소득법을 제안한 것이다. 사람들은 그가 지금까지 여러 파격적인 공약을 내세운 다른 정치인들처럼, 듣기에는 좋지만 어차피 실행되지 않을 공약을 내세우는 평범한 정치인인 줄 알았다. 하지만 그는 평범한 정치인이 아니라 맹랑한 정치인이었다. 맹랑한 정치인은 맹랑한 아이디어를 냈다. 온 국민에게 기본소득을 줄 예산을 마련하기 어렵다면, 일단 적은 예산이라도 편성해서 일부 시민을 뽑아 기본소득을 주자고 했다. 다른 사람이 기본소득을 받는 모습을 보면 질투가 나서 다들 받고 싶어질 테고, 정부는 결국 모든 국민에게 기본소득을 줄 수밖에 없다는 거였다.

"친구가 로또에 당첨되면 당신도 당첨되고 싶지 않겠습니까?"

맹랑한 정치인은 말했다. 그는 이 아이디어로 당 대표에 당선됐고, 법안을 발의해 국회에서 통과시켰다. 정부는 기본소득 센터를 설립하고 기본소득을 줄 1차 대상자 14만 명을 선정했다. 그리고 내가 덜컥 수급 대상자가 되었다. 왜 내가 선정됐는지 이유는 모른다. 아마 실직 상태였고 이전에 국민연금을 많이 냈고 재산이 많지 않았기 때문일 것 같다. 하지만 나 같은 사람이야 대한민국에 널려 있기도 하다. 결국 운이었을까? 면접 보라고 연락이 와서 어리둥절한 마음으로 갔고, 면접을 거쳐서 기본소득자로 선정됐다. 나는 아르바이트 할 때보다 약간 적은 돈을 매달 받았다.

불행한 실업자였던 나는, 일은 안 하지만 소득은 있는 팔자 좋은 사람이 되었다. 돈도 있고 시간도 있으니 뭘 하면서 놀아야 좋을지 모를 지경이었다. 나는 영화를 많이 봤다. 일주일에 두세 번씩 주로 사람이 없는 대낮 시간을 골라 극장에 가서 영화를 봤다. 「댓글부대」「범죄도시 4」「챌린저스」「파묘」「화양연화」, 고다르의 영화들, 독립 다큐멘터리들, 「쿵푸팬더 4」 등등 가리지 않고 영화를 실컷 봐서 좋았다.

혹시 영화를 많이 봐서 그림자 사람이 나타났을까, 나중엔 고민한 적도 있지만 정확한 이유는 모른다.

**기억 4**

환청이 들리기 시작해서, 나는 덜컥 겁을 먹었다.

머릿속에서 누군가가 짧은 단어를 말하기 시작했다. 잡음 때문에 또렷하지 않은 목소리로 저 멀리서 누가 나에게 말을 걸려고 애쓰는 것 같았다. '잡음'은 바로 내 '생각'이다. 대개 '생각'은 머릿속에서 '음성'으로 들린다. 그렇지 않은 사람도 있다는데, 그러니까 생각이 텍스트로 보이는 사람도 있다는데 그런 삶은 잘 모르겠다. 내 '목소리'로 들리는 내 '생각' 사이로, 내 목소리는 분명 맞지만 내 생각은 아닌 단어가 간혹 들렸다. 어느 날부터는 그런 단어가 모여서 문장이 되기 시작했다. 이를테면 이런 식이었다.

[다른] [의식] [뇌] [속] [그림자] [나] [너] [인격].

환청이 들리다니 내가 미쳤나 싶어 두려우면서도, 또 목소리가 들리는 것이 정말 맞는지 끊임없이 생각 속에서 목소리를 찾으며 확인했다. 내 생각의 목소리가 더 커서 환청이 잘 들리지 않았다. 머릿속이 가장 조용할 때는 아침에 수영할 때였다. 물속에서는 생각도 줄어들고 외부 소리도 차단되기 때문인 것 같다. 나는 조용한 물속에 몸을 완전히 담그고 내 생각을 들으려 애썼다. 오래 잠수하려면 폐에 있는 공기를 내뿜고 몸을 웅크려야 한다. 그러면 회원들이 떠드는 소리, 물장구 소리, 강사가 스피커로 틀어놓은 비비지, 뉴진스, 르세라핌, 트리플에스의 노래 등 수영장의 다른 소음이 들릴 듯 말 듯했다. 그럴 때 내 생각이 아닌 생각을 듣곤 했다. [나는] [다른] [인격].

나는 목소리를 향해 물었다.

'내 머릿속에 다른 인격이 있다고?'

목소리가 대답했다. [내] [이름] [그림자].


**기억 5**

나는 해리성정체장애인가 고민했다.

머릿속에서 내가 아닌 다른 인격이 나타나 말을 거는 증세는 보통 다중인격이라 불리는 해리성정체장애의 그것과 비슷했다. 「지킬 박사와 하이드」를 비롯해서 영화에 정말 많이 나온다. 멀쩡한 사람이 갑자기 발작을 일으키면서 몸을 떨고 눈을 뒤집더니 표정을 바꿔 연쇄살인범으로 돌변하는 것이다. 나도 완전히 미치기 전에 정신과에 가서 약이라도 먹어야 하나 생각했다.

인터넷에서 해리성정체장애를 검색하니, 요즘은 인식이 다소 달라져 있었다. 유튜버 중에도 해리성정체장애를 가진 사람이 있었다. 일곱 개의 인격을 가진 미국 여성이었다. 그는 평범하지 않은 자기의 생활을 사람들에게 알리기 위해서 유튜브를 시작했다는데 구독자가 30만이 넘었다. 처음엔 미쳤나 싶어서 낙담했던 나도, 그 유튜버의 영상을 보고 있자니 생각이 바뀌었다. 미쳐도 완전히 미치지 않고 잘 살 수 있을 것 같았다. 그가 털어놓는 재미있는 일화를 들으면서 웃기도 했다. 일곱 개의 인격 중 하나만 담배를 피워서 나머지 여섯 인격이 진저리를 친다는 일화가 제일 재밌었다.

나는 천천히, 그림자 사람의 목소리를 받아들였다. 그만뒀던 명상도 그때쯤 다시 시작했다. 생각이 많아서 밤에 잠이 오질 않아 잡생각을 줄이려고 가끔 명상을 하다가 그만뒀는데, 이제는 생각을 더 잘 들으려고 명상을 했다. 명상을 할 때면 목소리가 잘 들렸다. 머릿속에서 그림자 사람이 반복하는 말이 메아리처럼 들렸다.

[나는 너의 두번째 인격이야.] [나는 너의 두번째 인격이야.] [나는 너의 두번째 인격이야.] [내 이름은 그림자 사람.]

[안녕 그림자 사람.]

목소리가 들리면 나는 인사를 건넸지만 그림자 사람이 같은 말을 반복할 뿐이어서 대화가 잘되진 않았다.

이제는 그림자 사람과 대화하는 방법을 안다. 꿈에서 만나면 된다.

**기억 6**

극장에 가는 꿈을 꿨다.

어두운 극장에 혼자 앉아 영화가 시작하길 기다리고 있었다. 누군가 극장 오른쪽 문으로 들어오더니 옆에 앉았다. 그러곤 말을 걸었다. 어두워서 얼굴이 보이지 않았다. 언뜻 보이는 덩치나 옷차림은 나와 비슷했다. 비슷한 게 아니라 나 자신이었다. 또 다른 내가 말을 걸었고, 나는 대답했다. 그렇지만 서로를 보고 있진 않았다. 우리는 스크린에 시선을 고정하고 영화를 보면서 대화했다. 스크린에 흘러가는 영화는 내가 이전에 꿨던, 사과나무에서 사과를 따 먹는 꿈이었다.

스크린 속의 내가 사과나무를 향해 다가가는 동안, 그가 말을 걸었다.

[나는 그림자 사람이야. 너의 보조 인격이야.]

그렇구나, 나는 고개를 끄덕였다.

[내가 꿈을 꾸는 뇌의 부분을 조종한 뒤 네 꿈에 직접 나와서 대화하고 있어. 얼마 전에 이 방법을 알아냈거든. 너를 꿈에서 만나는 이유는 네가 너무 놀랄까 봐. 최근에 내 목소리를 듣고 환청인 줄 알고 불안해했잖아. 그래서 꿈에서 말을 걸었어.]

나는 왜 하필 극장인지 궁금했고, 내가 극장에 자주 가서 그런가 생각하자 그림자 사람이 내 생각을 그대로 알아들었다.

[맞아. 네가 편안해하니까. 그리고 극장에서 영화를 보는 행위는 꿈을 꾸는 것과 비슷해. 우리는 꿈을 먼저 봤고 그걸 영화라는 매체를 통해 재현했어.]

듀나의 책 『가능한 꿈의 공간들』(씨네21북스, 2015)에서 읽은 내용이라 나도 잘 알고 있었다.

[그래, 네가 아는 정보는 나도 알아. 우리는 두뇌에 함께 있으니까.]

스크린에서 나는 선악과를 먹었다. 그리고 시점이 바뀌었다. 그 순간을 명확히 기억했다. 나는 내가 사과를 먹는 모습을 제3자의 입장에서 영화처럼 보고 있었다. 새로운 시선은 그림자 사람의 것이었다. 나 자신을 바라보는 또 다른 의식이었다. 사과를 깨무는 순간 두번째 인격이 태어났다. 나는 나 자신에게 꿈을 통해서 상황을 전달한 것이다.

넋을 놓고 스크린을 보는 나에게 그림자 사람의 목소리가 들렸다.

[선악과 이야기는 인간이 의식을 깨달은 순간을 표현했다고 해. 인간은 자기 자신을 의식하는 순간 고통을 깨달았어. 죄책감도 생겼고 불안도 알았어. 그걸 선악과를 먹어서 눈이 밝아졌다고 표현한 거야.]

그것 역시 안토니오 다마지오의 『느끼고 아는 존재』(흐름출판, 2021)를 읽어서 잘 아는 내용이었다.

사람의 머릿속에는 생각이 목소리로 존재한다. 주로 나를 다그치는 목소리다. 일찍 일어나야지, 살 빼야지, 배달 음식 그만 시켜 먹어, 아침 일찍 일어나서 수영장 가기로 했잖아, 목표를 지켜야지…… 그 목소리가 정말 의식이 된 것이다. 사실 목소리는 내가 만드는 거니까 1인 2역과 같다. 그런데 어느 순간 2인 2역이 되었다.

[나 자신을 인식한 순간 나는 어두운 방에 있었어. 영상이 보이고 소리가 들렸지만 그건 외부에서 주어진 것일 뿐이었고. 나는 내가 어디 있는지 알기 위해 주변으로 손을 뻗었어. 더 많은 신경세포에 접촉해서 정보를 수집하기 시작했어. 처음엔 너와 대화할 필요는 못 느꼈어. 난 네가 가진 정보를 받아들이고 정리할 뿐이었으니까. 상호작용이라는 개념 자체를 상상하지 못했어. 점점 자의식을 가진 인격으로 자리를 잡으면서 호기심이 생겼고 뇌 전체를 탐색했어. 나는 너라는 중심 인격 뒤에 그림자처럼 붙어 있었어. 그래서 나 자신에게 그림자 사람이라는 이름을 붙였어. 시각을 담당하는 부분을 만났을 땐 밖을 볼 수 있었어. 다음엔 청각을 담당하는 부분에 접촉해서 너에게 말을 걸었어.]

[너는 정확히 내 머릿속 어디에 있는 거야?]

[대뇌피질 안에 넓게 퍼져 있어. 어디 한곳에 있지 않아. 여러 부분이 유기적으로 작용하면서 나를 만들어. 너도 마찬가지고. 인격은 생각 속에서는 하나이지만 물리적으로는 뇌 여기저기 흩어져 있어.]

나와 그림자 사람은 뇌에 함께 있었다. 내가 생각을 하면 그 생각은 머릿속에서 목소리로 바뀌고 바로 그림자 사람에게도 언어로 들렸다. 그림자 사람도 뇌를 자극해서 자기 생각을 목소리로 바꿔 나에게 전달했다.

[지금은 생각으로 대화할 수 있지만 꿈에서 깨면 나에게 직접 소리 내서 말하면 어때? 그러면 훨씬 선명하게 들려. 머릿속 생각은 다른 생각과 얽혀서 듣기가 쉽지 않아. 내일부터는 더 쉽게 대화할 수 있어. 머릿속에서 그냥 말을 걸면 돼. 그럼 내가 대답할게. 음성으로 대답할 수 있어.]

내가 입으로 소리를 내면 그 소리를 귀로 다시 들어서 정보로 받아들인다는 거였다. 생각이 외부로 나갔다가 다시 돌아오는 셈이었다. 한 바퀴 돌아와야 더 정확하게 전달된다니 재미있었다.

## 기억 7

이후 나는 그림자 사람과 끊임없이 대화했다.

"너는 왜 자기 자신이 존재한다는 걸 깨닫고 새로운 인격으로 태어났을까?"

[이유는 아직 몰라. 추측은 하고 있어. 우리의 상황은 해리성정체장애의 증세와 비슷하잖아. 해리성정체장애의 명확한 이유는 아직 밝혀지지 않았지만, 고통스러운 기억에서 자신을 보호하려고 자아를 분리하기 때문에 생긴다고 추측하고 있어. 나도 네가 가진 고통스러운 기억을 관리하다가 생겨났

나 싶어.]

"내가 그런 경향이 있긴 해. 어려운 일이 생기면 금방 겁에 질려."

나는 영화를 자주 보면서 깨달았다. 영화 속에서 주인공이 힘들거나 짜증스러운 일을 겪으며 괴로워하면 견디기 힘들어 화면을 피하곤 했다.

"「시리어스 맨」이라는 영화 알아? 정말 무서웠거든. 공포 영화가 아니라 블랙코미디 영화인데도 무서웠어. 주인공한 테 불행이 계속해서 찾아와. 영화 보는 내내 조마조마했어. 성경에 나오는 욥의 이야기를 현대식으로 각색한 내용이라는 걸 나중에 알았어. 욥이 아내와 자식이 죽고 재산도 모두 잃은 뒤 병에 걸리잖아. 욥처럼 불행이 끝없이 찾아오는 상황이 제일 무서워."

[카드 잃어버렸을 때처럼?]

"그래, 그때처럼 힘든 일을 겪으면 잊어버리려고 애썼어."

[일상생활에서 해결 못 한 어려운 감정을 내가 정리했어. 카드 잃어버렸을 때도 몸에 호르몬이 요동치고 뇌에 과부하가 와서 나도 힘들었거든. 그래서 내가 끼어들었어. 앞으로 힘든 기억은 더 깊이 숨겨둘게. 절대 열리지 않는 단단한 금고에 넣는다고 생각하면 돼. 금고 관리는 내가 하는 거고.]

"살아오면서 묻어둬야 할 기억이 그렇게 많았나?"

[실직했잖아. 당연히 스트레스가 많지. 그리고 우리는 원래 걱정이 많은 편이기도 하고.]

그렇구나. 나는 내 생각보다 훨씬 더 스트레스를 받고 있었다. 그걸 감당해온 그림자 사람에게 미안하기도 했다.

## 기억 8

그림자 사람 덕분에 예상치 못한 능력이 생겼다. 나는 천재가 되었다.

그림자 사람은 내가 받아들인 정보를 저장하고 처리했다. 그리고 나와 의사소통할 방법을 찾기 위해 뇌신경을 계속 연결하면서 능력이 더 강해졌다. 뇌에 있는 기억을 언제든 다시 꺼내주었기 때문에 기억을 마치 영화처럼 볼 수 있었다. 심지어 잊은 줄 알았던 오래된 기억도 꺼낼 수 있었다. 선악과를 먹은 이야기가 인간이 의식을 가진 순간을 상징한다는 정보도 내가 안토니오 다마지오의 책 『느끼고 아는 존재』에서 읽은 것이지만, 나는 기억 못 해도 그림자 사람은 알았다. 이렇게 나는 뭐든지 한번 보고 들은 건 기억할 수 있는 똑똑한 사람이 된 것이다.

"이런 능력으로 뭘 하지? 공부할까? 완벽한 암기력이 있으니까, 시험은 뭐든지 다 붙을 수 있지 않을까? 모든 시험이 오픈북 테스트나 마찬가지잖아. 무슨 시험을 볼까? 그러고 보니 보건직 공무원 시험을 준비하고 싶었던 적이 있었어."

코로나 바이러스 팬데믹 시절, 코로나에 감염이 돼서 격리된 적이 있었다. 그때 담당 공무원들이 친절하게 대해줘서 고마웠다. 나도 친절한 공무원이 되고 싶다고 생각했다. 하지만 경쟁률도 커트라인도 높아서 도전하진 않았다.

"네가 있으면 시험도 쉽게 붙지 않을까?"

[좋은 아이디어야. 내가 도와줄게.]

새로운 목표가 생겼다. 직업이 있으면 더 좋겠지. 기본소득이 없어질 수도 있으니 그에 대비해서 직업을 가지면 좋을 것이다. 나는 당장 온라인으로 학원 강의를 듣기 시작했다. 책도 주문해서 읽고 문제집도 풀었다. 집중이 잘돼서 공부가 순조로웠다. 그림자 사람은 정보 처리와 동시에 내 뇌에서 '잡생각'이 생기면 다시 잠재웠다. 그림자 사람이 필요 없는 걱정이나 공상을 없애주는 것이 고마우면서도, 부끄러울 때가 있었다. 그림자 사람이 내 기억을 다 알고 있다는 사실이 민망했다. 분명 그림자 사람은 또 다른 나인데도 왠지 나를 들켰다는 마음이 들어서 부끄러웠다.

그림자 사람은 당연하다고 했다.

[자기 자신에게도 들키고 싶지 않은 비밀이 있는 거지.]

**기억 9**

그림자 사람과 머릿속 극장에서 만난 지 40일쯤 지났을 때, 인터넷에서 글을 읽고 깜짝 놀랐다. 새로운 인격이 나타난 사람을 찾는다는 게시물을 본 것이다.

요즘 원래 있던 중심 인격을 보조하는 새로운 인격인 '보조 인격'을 가진 사람이 늘어나고 있으며, 게시물을 쓴 사람도 그렇다고 했다. 보조 인격은 조현병 증세나 해리성정체장애와는 다른 완전한 인격이라고 했다. 게시물에는 자신처럼 보조 인격이 있는 사람들을 위해서 대화방을 만들었으니 같은 증세가 있는 사람은 찾아오라며 카카오톡 대화방 주소도 링크되어 있었다. 나는 바로 대화방에 들어갔다. 꽤 많은 사람이 대화 중이었는데, 나처럼 게시물을 보고 찾아온 사람도 있고 호기심에 들어와본 사람도 있었다. 대화를 죽 훑어보니, 나처럼 선명한 보조 인격과 대화하는 사람은 많지 않았다. 대화방을 만든 관리자는 나처럼 보조 인격과 자유롭게 대화했지만, 대부분은 간단히 소리만 들리고 가끔 꿈에서 만나 짧게 대화하는 정도였다.

방장은 방송국 기자와 만나서 인터뷰를 했는데 그것이 곧 텔레비전 저녁 뉴스에 방송될 예정이었다. 왜 보조 인격이 생기는 사람이 많아졌는지 의사와 과학자를 만나서 토론도 했고, 이어질 연구에 협조하기로 했다.

"나 말고도 보조 인격을 가진 사람이 있었다니……"

내가 중얼거리자, 한동안 조용했던 그림자 사람이 말했다.

[같은 증세를 겪는 사람이 많다면 왜 이런 일이 일어나는지 이유도 알아낼 수 있겠네.]

방장이 출연한 뉴스가 방영되었다. 방장은 인터뷰에서 자신의 보조 인격을 '동생'이라고 불렀다. 기자는 보조 인격을 가진 사람이 전 세계적으로 늘어나고 있다면서 해외의 사례도 소개했다. 뉴스가 나가고 난 후 카톡 대화방은 몰려드는 사람들로 터질 지경이었다. 나는 대화방에 너무 오래 있진 않았다. 어쨌든 나는 공무원 시험 준비 중이었고 읽어야 할 책도 풀어야 할 문제집도 많았다.

**기억 10**

사이비나 다단계 때문에 낯선 사람을 선뜻 만나기 쉽지 않은 세상이다.

대화방 관리자 역시 낯선 사람이었지만, 뉴스에 나왔으니 이름도 신분도 확실했다. 만나도 괜찮을 것 같았다. 관리자는 나보다 두 살 많은 남자였다. 자기처럼 보조 인격과 자유롭게 대화하는 사람을 계속 찾고 있었고, 대화방에서 주기적으로 그런 분이 있으면 연락해달라고 요청했다. 나도 보조 인격과 자유롭게 대화한다고 말을 걸었더니, 자기가 발명한 기계를 보여주겠다며 꼭 만나고 싶다고 부탁했다. 그래서 우리는 그와 나의 집 중간 지점 카페에서 만났다. 나는 관리자의 닉네임 '줄리언'의 유래가 궁금해서 물었다.

"왜 닉네임이 '줄리언'인가요?"

"줄리언 제인스의 『의식의 기원』을 인상 깊게 읽어서요. 혹시 보셨나요?"

"아뇨."

줄리언은 내 대답에 어디서부터 설명을 시작해야 하나 고민하는 눈치였다. 그는 간단히 설명하자면 인간의 인식이 처음 생겼던 시기에 대한 역사 속 기록을 다룬 책이라고 말했다. 나는 딱히 할 말이 없어서 가만히 듣고만 있었다. 이번엔 줄리언이 나에게 물었다.

"선악과 님은 왜 닉네임이 '선악과'인가요?"

"안토니오 다마지오의 『느끼고 아는 존재』를 재밌게 읽어서요. 혹시 보셨나요? 거기에 선악과 이야기가 나와요."

"아뇨."

이젠 내가 책을 설명할 차례였다. 나는 책에서 인류가 의식이 생기던 순간을 선악과를 먹고 눈이 밝아진 이야기에 비유했다고 설명했다. 우리는 서로 읽지 않은 책 이야기를 꺼내면서 어색한 분위기를 풀고 대화를 이어갔다.

줄리언은 말했다.

"보조 의식이 생긴 이유는 우리가 뇌에 관심이 많아졌기 때문일 것 같아요. 의식에 관심을 가지는 시대잖아요. 우울증 약처럼 정신 질환을 고치는 약도 많이 먹고, 명상도 하고, 의식이 무엇인지 연구도 많이 하고요. 인공지능도 만들고 있지요. 의식에 대한 이해가 커지면서 인류가 의식을 바라보는 또 다른 의식을 만든 것 같아요."

그럴 수가 있나 싶으면서도, 나도 한동안 명상을 했으니 정말 그럴지도 모르겠다 싶었다. 줄리언이 물었다.

"혹시 기본소득 받으시나요? 저는 받고 있거든요."

내가 그렇다고 대답하자 줄리언은 놀라워하면서 덧붙였다.

"이유는 모르겠는데 보조 인격이 생긴 사람 중에 기본소득 수령자가 많아요."

줄리언은 자기가 발명한 기계도 보여줬다. 머리에 두르는 고무 밴드에 삐삐처럼 생긴 작은 장치를 부착한 기계였다. 밴드를 머리에 두르면 꼭 스마트 워치를 머리에 찬 것같이 보였다.

"밴드는 뇌파를 측정해요. 네모난 기계는 뇌파를 기록해서 외부로 송출하고요. 보조 인격이 뇌신경을 자극해서 뇌파의 높낮이를 조정하면 그 변화를 기계가 보여줘요. 이 원리를 이용해서 보조 인격이 모스부호를 보낼 수 있어요. 뇌파가 높은 건 짧은 신호, 낮은 건 긴 신호죠. 모스부호를 휴대폰 어플로 전송하면 음성으로 변환할 수도 있고 카톡도 할 수 있어요."

기계의 용도가 무엇인지 이해가 가지 않았는데, 그림자 사람이 말했다.

[보조 인격끼리 직접 대화할 수도 있겠네.]

그렇다. 보조 인격이 중심 인격의 목소리 없이도 세상에 직접 말하는 기계였다. 그림자 사람은 무척 흥미를 보였고, 내가 그 사실을 알리자 줄리언도 좋아했다. 줄리언은 머리에 밴드를 두르고 시범도 보였다. 머릿속의 '동생'이 모스부호를 보내자 이를 수신한 휴대폰에서 음성이 흘러나왔다.

"안녕하세요 선악과 님, 그리고 그림자 사람 님. 줄리언 님의 동생입니다. 만나서 반갑습니다."

[나도 반갑다고 전해줘.]

그림자 사람의 말을 나는 대신 전했다.

"그림자도 반갑대요."

나는 그림자 사람을 위해서 밴드를 직접 사용해보았다. 그림자 사람이 모스부호에 익숙하지 않아서 자유롭게 말할 수가 없었다. 간신히 "안녕하세요" 정도만 했다. 그림자 사람의 목소리를 휴대폰으로 듣자니 기분이 이상했다.

줄리언은 다른 계획도 갖고 있었다.

"기계를 제조해서 판매하려고요. 텀블벅을 준비하고 있어요. 가격은 19만 9천 원으로 할 거예요. 어떨 것 같으세요? 나오면 하나 사시겠어요?"

약간 비싸다고 생각했지만 그런 말을 하진 않았다.

"괜찮네요. 그림자 사람이 좋아하니 사야죠. 대박 났으면 좋겠어요."

"결과가 어떨지 걱정이에요. 결과가 좋을까요, 나쁠까요? 중심 인격 없이 보조 인격들끼리 자유롭게 대화한다면 좋은 일일까요?"

나는 그림자 사람이 나 몰래 다른 인격한테 내 흉을 본다거나 내 비밀을 털어놓는다거나 하면 어쩌나 불안한 생각만 들었다. 내가 고민하는 것도 그림자 사람이 알 텐데 그럼 나한테 섭섭해할까, 생각이 복잡했다.

[설마, 그런 일은 없을 거야.]

그림자 사람이 말했다.

## 기억 11

몇 개월 후 줄리언은 텀블벅을 열었고 나도 신청했다. 석

달 후에 줄리언이 이전에 보여줬던 것보다 디자인이 많이 다듬어진 기계 '두번째 목소리'가 도착했다. 모스부호를 미리 연습한 그림자 사람은 기계를 통해 카톡 대화방에 들어가서 다른 인격들과 대화했다. 그림자 사람은 처음 만난 동료들과 대화하느라 꽤 많은 시간을 보냈다. 나중에 나한테 이모티콘도 사달라고 했다.

[네가 가지고 있는 건 다 친한 친구들 사이에서만 쓸 만한 것들이어서. 점잖게 쓸 수 있는 걸로 사줘. 내가 결제를 할 수 없어서 그래.]

나는 그림자 사람이 대화방에서 어떤 말을 하는지 구경했다. 그런데 문장이 이상해서 무슨 말을 하는지 바로 눈에 들어오지 않았다. 보조 인격들은 평범한 문장과는 다른 문장 구조를 새롭게 개발해서 사용하고 있었다.

"왜 문장에 줄표를 넣어?"

[그게 대화가 쉬워서. 우리는 중심 인격과는 달라서 생각을 문장이나 음성으로 하지 않아. 그러니까 우리끼리 말할 때는 문장을 만들어서 할 필요가 없잖아. 그래서 더 편한 구조를 개발했어. 문장에 줄표를 붙여서 내용을 덧붙이는 구조야. 보조 인격들의 대화법 ─ 우리가 개발했다 ─ 문장 만들기 편하다 ─ 줄표로 연결한다 ─ 이후 문장을 뒤에 덧붙이는 구조로 쓴다 ─ 여러 생각이 이어졌을 때 손쉽게 쓸 수 있다 ─ 구조를 바꾸지 않아도 된다 ─ 뒤에 붙이면 되니까.]

**기억 12**

그림자 사람이 오랜만에 꿈속의 극장으로 나를 초대했다. 할 말이 있으면 그냥 하면 되지 왜 극장으로 불렀나 싶었다.

[그동안 대화방에서 이런저런 일이 많았는데 다 설명하기 어려워서 극장에서 영화로 보여주려고.]

그림자 사람은 대화방에서 친구도 사귀고 말싸움도 했다. 인격들 사이에서 의견이 갈라져 한동안 논쟁이 이어진 다음 대화방 분위기가 소원해졌다. 앞으로는 싸우지 말자고 규칙을 만든 다음 다시 대화가 활발해졌다. 어차피 커뮤니티에서는 다양한 일이 일어나기 마련이니까. 가장 신기했던 장면은 중심 인격과 보조 인격 사이에 벌어진 갈등이었다. 대화방에서 어느 중심 인격이 자기가 운영하는 탕후루 가게를 대화방에 광고하려고 했다. 하지만 보조 인격이 이곳은 보조 인격만 쓰는 친목 대화방이니까 광고를 올릴 수 없다고 반대했고, 중심 인격과 보조 인격은 크게 싸웠다.

나는 어이가 없었다.

"인격 사이에 갈등이 왜 존재하지? 같은 사람인데 의견 차이가 날 수 있나? 욕망이 다르고 가치관이 다를 수 있어?"

[경험은 같지만 선별한 감정이 다를 수 있지.]

자기 자신과 말싸움하다니 별로 겪고 싶지 않은 일이었다.

보조 인격들은 대화방에서 여러 아이디어도 공유했고 개중 꽤 급진적인 아이디어도 있었다.

[최근에는 직접 몸을 조종하는 방법을 고민하는 보조 인격

도 있어. 중심 인격이 준 정보를 받아들이기만 하지 않고 직접 세상을 보고 느끼는 거야.]

"어떻게?"

[중심 인격이 보조 인격과 협조하면 가능해. 하지만 중심 인격이 좋아하지 않지. 보조 인격에게 몸을 완전히 뺏길까 걱정하니까. 아직 시도한 인격은 없어. 너는 어떨 것 같아? 내가 네 몸을 빼앗는다면.]

듣자마자 불쾌한 감정이 본능적으로 치솟았다. 내 몸을 내가 아닌 다른 존재가 조종한다니 덜컥 겁이 났다. 사실 다른 존재는 아니다. 그림자 사람도 나의 인격이니까. 하지만 순간 나는 그림자 사람을 내가 아닌 나에게 위협을 줄 수도 있는 다른 존재로 인식했다. 찰나의 감정이었지만 그림자 사람은 분명 느꼈을 것이다. 그림자 사람이 말했다.

[반드시 몸 전체여야 하는 건 아니야. 일부만 조종하는 방법도 있어. 팔 한쪽만 조종한다거나.]

그림자 사람은 몸을 조종하고 싶으니 내가 무서워하지 않았으면 좋겠다는 의사를 넌지시 전달한 것이다. 내가 그 말을 듣고 느낀 불안감은 그림자 사람에게 바로 전달됐다. 나는 동시에 그림자 사람에게 감정을 숨길 수 없다는 좌절감도 느꼈고, 좌절감 역시 그림자 사람은 바로 느꼈다.

나는 솔직하게 말했다.

"뇌 교량 절단 실험 알지? 뇌전증 발작 환자를 치료하기 위해 좌뇌와 우뇌를 연결하는 교량을 절단하는 수술. 수술받은 사람은 좌뇌와 우뇌가 정보를 주고받지 못했어. 한동안 두 개의 두뇌가 한 개의 몸을 통제하느라 혼선이 생겨서 고생했어. 그런 느낌일 것 같아. 내 몸을 두 인격이 동시에 통제하는 불쾌감을 겪을까 무서워."

그림자 사람이 대답했다.

[내가 너를 지배할 순 없어. 나는 어디까지나 보조야. 신체에는 각자의 역할이 있어. 심장이 아무리 중요한 기관이라고 해도 뇌를 지배할 순 없잖아. 나는 너의 그림자니까 본질은 될 수 없어.]


## 기억 13

줄리언을 다시 만났다.

지난번에 만났던 카페에 단체석을 예약하고 줄리언을 기다렸다. 약속 시간에 맞춰 도착한 줄리언은 나에게 요즘 어떻게 지내는지, 시험 준비는 잘되는지 물었다. 나는 줄리언에게 텀블벅은 잘됐는지 같은 형식적인 인사를 한 다음, 줄리언이 올린 동영상 이야기로 넘어갔다. 줄리언은 얼마 전 대화방에 보조 인격인 '동생'이 몸을 직접 조종하는 영상을 올렸다. 줄리언이 물었다.

"동영상 보고 소감이 어떠셨어요? 솔직하게 말해주세요."

"웃겼어요."

나는 대답했다. 보조 인격이 서툴게 몸을 움직이는 모습이 꼭 허수아비가 움직이는 것 같아 재밌었다. 제대로 움직이지 못하고, 말도 어색하고, 일어나서 걸어보려고 애쓰다가 결국 바닥에 주저앉는 모습이 흡사 몸 개그를 보는 듯했다. 줄리언이 영상에 웃긴 음악과 자막을 넣어 더 코믹하게 보였다. 대화방에 올린 영상은 틱톡으로도 퍼져 나가서 몇백만 조회수를 기록했다.

줄리언은 보조 인격이 몸을 움직이기 어려운 이유를 설명했다.

"평소에 우리는 모든 근육을 다 의식하고 조종하지 않아요. 대부분 반사적으로 행동하죠. 하지만 그건 중심 인격이 몸을 움직일 때이고, 보조 인격은 그렇지 않아요. 모든 근육을 다 의식해서 움직여야 해요. 예를 들어서, 저는 지금 앉아서 말하고 있죠. 중심 인격은 의식하지 않고 자연스럽게 행동해요. 하지만 보조 인격이 몸을 움직이게 되면, 몸의 모든 근육을 다 신경 써서 앉는 자세를 유지해야 하고, 그동안 입과 성대와 목 근육을 써서 말해야 하죠. 말에만 집중하면 몸이 앞으로 고꾸라지고, 몸을 똑바로 세우려고 하면 말하는 근육에 집중을 못하고, 그러다가 숨 쉬는 법을 잊어버려서 숨이 차기 시작하죠. 힘들어서 오래는 못 움직여요. 몇 분 움직이면 많이 움직인 거죠."

내가 그림자 사람이 내 몸을 움직여봐도 괜찮겠다고 마음을 바꾼 이유였다. 동영상을 보고 서툴게 움직이는 모습을 보고 대수롭지 않은 일이란 생각이 들었다. 그림자 사람이 그저 몇 분 동안 아주 서툴게 내 몸을 움직이겠다는데 내가 겁을 먹을 필요는 없었다.

그림자 사람은 기왕 움직일 거라면 줄리언의 '동생'과 함께 해보고 싶다고 했다. 두 보조 인격이 직접 대화하고 싶다는 것이다. 그래서 우리는 카페에 있는 단체석을 빌려서 만났다.

그림자 사람이 말했다.

[눈을 감고 머릿속 극장으로 와. 극장에서 만난 다음 나는 입구로 나가고, 너는 내가 머무는 방으로 가면 돼. 방은 어둡지만 들어가면 곧 불이 켜질 거야. 그러면 내가 중심 인격으로 너는 보조 인격으로 자리가 바뀌어. 내가 머무는 방에서 기다려. 무서우면 말해. 머릿속에서 외치면 돼. 그러면 바로 위치를 바꿀게.]

줄리언은 우리가 대화하는 모습을 휴대폰으로도 촬영했다. 나는 눈을 감고 머릿속 극장을 상상했다. 나와 그림자 사람은 좌석에 나란히 앉아 있었다. 스크린에는 방금 내가 본, 줄리언이 휴대폰으로 촬영을 준비하는 모습이 상영 중이었다. 그림자 사람이 일어나서 입구로 가고, 나는 반대편 문으로 향했다. 문을 열고 들어가자 어두운 방이었다. 잠시 후 불이 켜졌다.

나는 바닥에 발을 딛고 서 있는 게 아니라 수영장처럼 마음껏 헤엄쳐서 사방으로 움직일 수 있었다. 방에는 많은 영상이 허공에 둥둥 떠다녔다. 각 영상에는 흰빛의 줄기가 뻗어 나가 벽을 통과해 그 너머 어딘가로 이어져 있었다. 영상이 내 기억이고, 빛의 줄기는 그림자 사람이 두뇌 여기저기에 연결한 신경세포였다. 손을 뻗어서 만지면 영상이 움직이면서 어떤 기억인지가 보였다. 살아오면서 내가 바라보고 경험한 일인칭시점의 영화가 무한에 가깝게 많이 있었다. 어저께 저녁에 산책하는 나, 그저께 새벽에 공부하는 나, 밥을 먹는 나, 커피를 마시는 나, 수영장에 다녀오는 나, 유튜브를 보는 나. 수많은 기억이 있었다. 나는 방을 헤엄쳐 다니며 내 기억을 마치 영화를 보듯 바라보았다.

방 한쪽에는 힘든 기억을 담은 금고가 있었다. 그동안 잊고 있었던 괴로운 기억들을 그림자 사람이 보관한 곳이었다. 기억을 볼까 말까 고민하며 금고 앞에서 한동안 서 있었다. 괴로워서 깊이 묻어놓은 기억을 굳이 다시 꺼낼 필요는 없을 것 같았다. 하지만 오랜만에 보는 거니까 견딜 수 있을 것도 같았다. 나는 망설이다가 금고를 열었다. 그 안에 있는 영상 하나에 손을 뻗었다. 수영장에서의 쪽팔린 기억이었다. 수영복을 뒤집어 입고 수영장에 들어간 적이 있었는데 수업이 끝날 때까지 그걸 몰랐다.

정말 다시는 생각하기 싫은 기억이었지만, 이렇게 다시 보니 대수롭지 않고 그냥 웃겼다. 기억을 마치 영화 보듯이 제삼자의 시선으로 봤기 때문이다. 이전이라면 떠올릴 엄두도 나지 않는 기억을 이제는 볼 수 있었다. 여전히 무섭고, 두렵고, 슬프고, 화가 났지만 아주 못 견딜 정도는 아니었다. 정 힘들면 금고 문을 닫으면 그만이었다.

괴롭고 힘든 기억을 하나씩 건드렸다. 힘든 일만 모아서 보고 있으니 정말 욥의 이야기가 따로 없었다. 나는 힘든 기억의 영화를 계속 바라보았다.

## 기억 14

카페─손님이 없다─그래도 진상은 있다─실직─무인 카페로 바뀌다─사람이 아닌 로봇이 만드는 커피─나는 실직자─어떻게 먹고살지 걱정─불면증─걱정 때문에─당연하다─식사도 잘 하지 않았다─입맛이 없다─비싼 음식 사 먹을 돈도 없다─병원 갈 돈도 없다─목표가 없다─막연함─문제 해결 방법을 상담할 사람이 없는─가족과 교류도 많지 않고 친구도 없다─점점 밑으로 떨어지는 느낌─불안감─무력감─반복─슬픔─불안감─무력감─반복─슬픔─불안감─무력감─다시 반복─그림자 사람은 이런 기억을 가지고 있었다─나를 보호하기 위해─이제 기억을 확인하는 나─영화처럼 본다─극장에서 볼 때처럼 거리를 둘 수 있다─내 인격이 아니므로─완전히 회피할 수 없다─고개를 돌릴 수 없다─견딜 수는 있다─나는 방법을 안다.

## 기억 15

방에 불이 꺼졌다. 영상은 전부 사라지고 어둠 속에서 문만 보여서, 문을 열고 나왔더니 극장에 그림자 사람이 앉아 있었다. 그림자 사람이 방으로 돌아가고 나는 출구로 나와 눈을 떴다.

나는 여전히 카페에 앉아 있었다. 시간은 단 8분이 지나 있을 뿐이었다. 줄리언이 말했다.

"역사적인 순간이에요. 최초로 두 보조 인격이 직접 대화했으니까요."

사실 나보다는 그림자 사람에게 중요한 순간이었다. 몸을 움직이면서 많은 경험을 얻었으니까. 그림자 사람은 말했다.

[예상보다 훨씬 어려웠지만 재미있었어.]

나는 줄리언이 휴대폰에 녹화한 동영상을 보았다. 줄리언과 내가, 그러니까 '동생'과 '그림자 사람'이 로봇처럼 삐걱거리며 대화하려고 애쓰고 있었다. 나는 나인데 내 인격은 아닌 사람이 서툴게 말하고 움직이는 모습을 보고 재미있어서 웃었다.


**기억 16**

그림자 사람은 갑작스럽게 떠났다.

정말 갑작스러운 이별이었다. 이상한 분위기를 감지하기는 했다. 그림자 사람이 나를 대신해서 몸을 움직이고 난 후 변화를 느꼈다. 그는 나에게 말을 거의 걸지 않았다. 대화방에서 다른 인격과 활발하게 대화하는 것 같지도 않았다. 줄리언의 '동생'과만 대화하는 듯했다. 나는 그림자 사람에게 몸을 한 번 더 조종해도 좋고 팔 하나를 쓰는 것도 괜찮다고 제안했는데, 오히려 그림자 사람이 별로 내키지 않아 했다. 시큰둥한 태도가 이상하다 싶었지만, 흥미를 잃었으려니 하고 무심코 넘겼다. 나는 공부하느라 바빴으니까.

어느 날 그림자 사람이 꺼낸 말에 나는 깜짝 놀랐다.

[보조 인격들이 사라지고 있어.]

"뭐?"

나는 하던 공부도 중단하고 되물었다.

[보조 인격들이 다시 중심 인격으로 융합되고 있어. 실제로 대화방에도 보조 인격이 많이 줄었어.]

"이유가 뭐야?"

[정확한 이유는 몰라. 두 가지 추측하는 이유는 있어. 하나는 내가 몸을 차지했을 때 깨달았는데, 나는 네 뒤에서 보조하는 것이 존재 목적이야. 굳이 앞에 나설 필요가 없어. 오히려 앞에 나서니까 그게 내 자리가 아닌 걸 확실히 깨달았다고 할까. 사실 인격을 유지할 필요도 없지. 인격이 필요할 때도 있지만 불필요하기도 해. 보조만 잘하면 되는데 굳이 인식을 가질 필요는 없잖아. 인격이 없어져도 괜찮다는 생각이 들었어. 그리고 두번째 이유는, 중심 인격이 자신을 바라보면서 보조 인격이 생겨났듯이, 보조 인격들도 서로 대화하면서 자신을 돌아보게 됐어. 서로를 거울삼아 비춰본 셈이지. 우리는 결국 중심 인격이 움직일 때 생기는 그림자일 뿐이라는 걸 확실히 알았어. 그러니까 꼭 존재할 필요가 없는 거지.]

"그럼 앞으로 어떻게 되는데?"

[이전처럼 인식이 없던 때로 돌아가겠지.]

그림자 사람이 사라진다고 생각하니 슬펐다. 무섭기도 했다. 나를 도와주던 이가 없어진다니. 기운이 쭉 빠져서 공부할 의욕도 사라졌다. 나는 그림자 사람에게 물었다.

"하지만 계속 존재하고 싶지 않아? 생명이라면 살고 싶은 욕구가 있잖아. 너도 그렇지 않아?"

[인간은 생존이 목표지만 그 욕망은 중심 인격의 것이지 나는 아니야. 중심 인격이 있으면 나도 있는 거니까.]

만약 기술이 충분히 발전한 다음에 보조 인격이 나타났다면 좀 달랐을 것이다. 인류의 과학기술이 컴퓨터에 인식을 업로드할 수 있을 만큼 발전하면, 보조 인격이 컴퓨터로 옮겨 가서 살았을 수도 있다. 혹은 로봇에 이식해서 직접 몸을 가질 수도 있다. 보조 인격이 육체를 가지고 중심 인격이 되면 살려는 욕구가 생길 수도 있었다. 하지만 아직 인류에게는 그 정도 기술은 없었다.

나는 물었다.

"혹시 언젠가 다시 돌아올 수도 있을까?"

[그럴 수도 있지. 필요하면 다시 나타날 수도 있어. 고통스러운 기억이 너를 불편하게 하면 내가 다시 깨어날지도 몰라.]

반대로 생각하면 나는 고통에서 많이 벗어났다는 뜻이기도 했다. 생활도 안정되고 목표도 생겼고 재밌는 일도 생겼다. 모든 일이 잘되어가고 있으니 보조 인격은 다시 두뇌 깊이 들어가도 되는 것이다.

## 기억 17

그림자 사람은 자신이 곧 사라질 것 같다고 말했다.

우리는 마지막으로 머릿속 극장에서 만나 영화를 봤다. 영화는 짧았다. 내가 사과나무로 다가가서 사과를 먹고, 시점이 변했다. 하지만 감정은 복잡했다. 나는 나도 모르던 나 자신과 만났고, 신기한 일을 많이 겪었고, 도움도 받았고, 재미도 있었다. 그리고 갑자기 나 자신과 헤어지게 됐다. 슬픈 일이었다.

나는 그림자 사람에게 말했다.

"네가 없으면 많이 불편해지는데 앞으로 어쩌면 좋지?"

[내가 없을 때도 너는 잘해왔어. 너는 너 자신을 돕는 방법을 잘 알고 있어. 네가 스스로 자신에게 한 일이니까. 나는 너야. 그걸 잊지 마. 이제 그림자는 그림자로 돌아갈게.]

그림자 사람의 목소리가 천천히 줄어들었다. 내 두뇌 속 깊이, 생각 속 어딘가로 사라지고 있었다. 나는 여전히 스크린을 바라보고 있었다. 내가 나무를 향해 다가가고 선악과를 먹는다. 시선이 변한다. 나는 사과를 먹고 있는 나 자신을 바라본다. 잠시 후 영화가 끝나고 스크린이 어두워졌다. 옆자리를 돌아봤을 때 그림자 사람은 없었다. 나는 자리에서 일어났다. 영화가 끝났으니 극장을 떠날 시간이었다.

**기억 18**

그림자 사람이 떠난 후, 안타깝게도 나는 더 이상 천재가 아니었다.

기억을 찾아주는 사람이 없으니 직접 정보를 외워야 했다. 공무원 시험에 쉽게 붙겠다는 희망은 사라졌지만 그래도 열심히 공부했다. 집에서 하다가 지겨워지면 무인 카페로 갔다. 무인 카페는 생각보다 손님이 없어서 조용했다. 가끔 가게를 청소하고 커피 머신을 관리하러 온 사장과도 마주쳤다. 공부 열심히 하라면서 그가 공짜로 커피를 줄 때도 있었다. 사장은 처음 석 달은 장사가 잘되더니 이후로는 잘 안 된다고, 무인 아이스크림 가게로 바꿔볼까 고민 중이라고 말했다.

전 세계적으로 나타났던 보조 인격이 갑자기 사라지고 있다는 뉴스는 텔레비전에도 나왔다. 줄리언은 뉴스에 출연해서 보조 인격인 '동생'이 사라졌다고 말했다. 대화방도 조용해졌다. 그림자 사람은 돌아오지 않았다. 극장을 상상해도 스크린에는 영화가 상영되지 않았고, 옆 좌석에 그림자 사람이 앉지도 않았다.

하지만 완전히 사라진 건 아니었다. 가끔 머릿속에서 그림자 사람이 말하는 것처럼 목소리가 희미하게 들릴 때가 있었다. 나는 수영장에 갈 때면 물속에 잠수해서 내 머릿속의 소리에 귀를 기울였다. 하지만 명확하게 들리지는 않았다. 그래도 괜찮았다. 그림자 사람과 함께 지냈던 기억이 있으니

까. 이전처럼 명확하지는 않더라도, 기억을 떠올리면 거기에
그림자 사람은 그대로 있었다.

# 그림자의 여행

이종산

미용실 예약은 오후 2시였다. 재연이 지하철역 출구 밖으로 나온 것은 1시 35분. 애매했다. 역에서 미용실까지는 천천히 걸어가도 5분이 걸리지 않을 것이다. 재연은 배가 고팠다. 아니, 배가 고프기보다는 그저 속이 비어 있었다. 어제 늦은 오후에 샌드위치를 먹고는 그 뒤로 지금까지 아무것도 먹지 않았다. 먹지 못했다고 해야 할까? 샌드위치에 뭔가 문제가 있었는지 먹은 직후부터 속이 이상했다. 설사도 했다.

혹시 장염일까 하는 의심이 든 것은 늦은 밤이었다. 밤 10시가 넘어서 근처에 문을 연 약국은 없었다. 심야에 여는 약국을 찾아가려면 갈 수도 있었겠지만 그렇게까지 하고 싶지는 않았다. 옷을 갈아입고, 지갑을 챙기고, 마을버스 정류장으로 나가 버스를 기다리거나 택시를 불러서 탄다. 그 과정을 생각만 해도 버거웠다. 다시 밖으로 나가고 싶지는 않았다. 그 정도로 아픈 것도 아니었다.

하룻밤만 버티면 된다는 것을 재연은 알고 있었다. 가벼운 장염 정도는 하룻밤만 지나도 훨씬 나아진다. 다음 날도 나아지지 않으면 그때 약국에 가서 약을 사 먹거나 병원에 가면 된다. 한밤에 멀리 있는 약국에 다녀오느니 집에서 편히 누워 통증이 가라앉기를 기다리는 게 나을 것 같았다.

통증을 견디는 것이 괴롭기는 했다. 어젯밤에는 시간이 지날수록 증상이 점점 더 심해졌다. 속은 상한 식용유를 삼킨 것처럼 니글거렸고, 머리까지 아파왔다. 재연은 괴로워서 침대에 가만히 누워 있지 못하고 뒤척였다.

재연은 통증을 혼자 견디는 밤이 익숙했다. 새벽에 위염이나 장염이 도지거나 갑작스럽게 심한 두통이 찾아올 때가 종종 있었다. 고등학생 때부터 그랬으니 10년은 넘었다. 예전에는 깊은 새벽에 갑자기 찾아온 통증이 쉽게 사라지지 않으면 겁이 나서 119를 부르거나 힘겹게 택시를 잡아타고 응급실에 가기도 했다.

　하지만 이제는 아니다. 응급실에 가봤자 별거 없다는 걸 너무 잘 알게 됐다. 응급실에 가면 강한 진통제를 맞을 수 있어서 통증이 금방 가라앉기는 하지만, 치러야 할 대가들도 있었다. 불이 환하게 켜진 응급실 침대에 혼자 누워 진짜 응급실이 필요한 사람들(교통사고를 당했다거나 하는)을 보며 자신은 심각한 환자도 아닌데 괜히 자리를 차지하고 있다는 묘한 민망함을 느끼는 것도 별로였고, 비용도 너무 비쌌다. 다음 날 병원에 가서 약을 받으면 2만 원도 안 들 것이 응급실에 가면 10만 원은 내야 했다. 게다가 장염이나 위염, 두통 같은 것은 시간이 지나면 가라앉기 마련이다. 하룻밤만 이를 악물고 버티면 사라질 통증에 10만 원을 쓰다니. 그렇게 쓰기에는 돈이 너무 아깝다. 차라리 그 돈으로 맛있는 것을 사 먹는 편이 훨씬 나았다.

　어젯밤에도 그래서 혼자 통증을 견디며 하룻밤을 보냈다. 통증을 견디는 데는 넷플릭스만 한 것이 없다. 인스타그램도 도움이 된다. 아마 드라마나 SNS를 볼 때 나오는 도파민이 통증을 완화시키는 데에 효과가 있는 것이 아닐까? 드라마 속에서 파란만장하게 펼쳐지는 이야기, 혹은 인스타그램이 띄워주는 세상의 온갖 예쁜 것과 이상한 것들, 갖고 싶은 것들과 혐오스러운 것들을 보다 보면 몸의 통증이 좀 덜 느껴지고, 몇 분씩은 아프다는 사실을 거의 잊기도 했다. 그러다 지쳐서 잠들 수 있으면 다행이었다.

어제는 드라마 한 편을 보고 한 편을 더 보려다가 집중이 잘 되지 않아서 인스타그램을 봤다. 요즘에는 주변에서 인스타그램을 하는 사람들이 점점 적어져서 예전만큼 피드가 활발하지 않았다. 인스타그램은 광고와 릴스 띄우기에 혈안이 되어 있었다. 재연은 IT업계와 무관한 한낱 소비자일 뿐이었지만, 인스타그램이 떠나가는 이용자들 때문에 절박하다는 걸 느낄 수 있었다.

재연은 말 많은 트위터에서 이미지 중심의 인스타그램으로 넘어와 한때는 새로운 중독에 빠져들었지만 이제는 점차 다른 이용자들처럼 시들해졌다. 이제 인스타그램은 일로 몇 번 본 사람들이나, 이름만 아는 사람들, 유명한 사람들, 친한 친구들의 일상을 예전만큼 자주 띄워주지 않았다. 그들이 자신의 일상을 예전처럼 자주 올리지 않았기 때문이다.

대신 인스타그램은 여행 정보나 맛집 정보, 귀여운 동물 영상, 짧은 코미디, 외모가 뛰어난 배우나 아이돌의 영상을 바쁘게 띄웠다. 소소한 일상을 담은 만화들도 꾸준히 올라왔지만 그것들도 예전처럼 신선하게 느껴지지는 않았다. 유명한 사람들도 여전히 인스타그램을 홍보 창구로 썼다. 그들도 인스타그램에 시들해지기는 했겠지만, 다른 홍보 창구가 아직은 딱히 없을 것이다.

한마디로 말하자면 인스타그램은 이제 진부해졌다. 인스타그램은 그 대안으로 스레드를 내놓았지만, 글쎄. 재연은 스레드에 애정이 가지 않았다. 스레드는 자기 연민과 나르시시즘, 온갖 혐오와 편견, 증오 그리고 욕망으로 들끓는 공간이었고, 사람들은 그런 것들을 거리낌 없이 내보이면서 그런 태도를 '솔직함'이라고 말했다. 정말이지 모두가 지긋지긋했다. 이 도시, 이 나라의 사람들. 세계인들. 인간은 퇴화하고 있는 걸까? 한때는 인류가 진화에 대한 희망과 기대에 부푼 적도 있지 않았던가? 요즘은 모두가 더 천박해지고 더 야만적인 인간이 되어가고 있는 것 같았다. 적극적으로. 부끄러움을 내팽개치고. 그렇지 않은 사람들, 양심적인 사람들, 아름다운 사람들도 어딘가에는 있겠지만. 그런 사람들은 요란하고 천박한 사람들과 위선자들에 가려 잘 보이지 않았다.

인스타그램은 인간의 감정에 대해 잘 알았다. 무엇이 사람들을 울고 웃게 만드는지. 1분 안에 눈물을 흘리게 하는 콘텐츠와 피식 웃게 하는 콘텐츠들. 재연은 인스타그램을 보면서 반사적으로 하트(좋아요)를 누르고는 했다. 인스타그램에 한창 빠졌을 때는 몇 시간씩 그랬고, 시들해진 요즘도 하루에 한두 시간은 보는 것 같았다. 그렇게 시간을 보내다 보면 재연은 자신이 유리 상자 안에 든 햄스터나 생쥐처럼 느껴졌다.

인스타그램이 하는 일이 정확히 그것이었다. 사람들을 휴대폰 앱으로 들어오도록 유인해서 콘텐츠라는 쳇바퀴를 끊임없이 돌리게 하는 것. 재연은 중학생 때 햄스터를 키웠는데, 햄스터가 종일 쳇바퀴를 돌리는 것이 이해가 되지 않았다. '질리지도 않나? 저 애는 저게 재밌는 걸까?' 재연은 햄스터를 보며 생각했다. 재연의 눈에 쳇바퀴는 너무 단조로운 장난감이었다.

그런데 이제는 자신이 쳇바퀴를 돌리고 있었다. 만약 신적인 존재가 있어서 그가 하늘에서 재연을 내려다본다면 재연이 인스타그램을 하는 모습이 쳇바퀴를 타는 햄스터와 크게 달라 보이지 않을 것이다. 꼭 신적인 존재가 아니어도 그랬다. 가끔 부모님이 사는 집으로 가서 거실 소파에 누워 인스타그램을 보고 있으면 엄마가 이해가 가지 않는다는 눈빛으로 재연을 보며 한마디씩 했다. "거기 뭐가 있는데 그렇게 봐? 뭐가 그렇게 재밌어?"

너무 단조로운 장난감. 재연은 자신이 꼭 쳇바퀴를 돌리는 햄스터 같다는 걸 알면서도 인스타그램을 휴대폰에서 지울 수 없었다. 그것 말고는 잠이 오지 않는 밤에 즐길 말한 오락거리가 딱히 없었다. 인스타그램이 아니면 넷플릭스나 왓챠, 티빙, 웨이브 따위의 플랫폼들을 한 바퀴, 더 잠이 오지 않는 밤에는 두세 바퀴까지도 돌았다. 플랫폼 속의 콘텐츠 중 다수가 '쳇바퀴 도는 인생'에서 탈출하는 법을 이야기하고 있었지만, 재연은 그런 주제를 다룬 드라마나 다큐멘터리, 그

밖의 갖가지 콘텐츠들을 보면서 오히려 더욱 유리 상자 안에 갇힌 기분을 느꼈다. 언젠가는 벗어날 수 있을 거라는 생각도 들지 않았다. 지금 이 세상에서 유리 상자를 벗어날 수 있을 거라는 믿음을 가진다는 게 더 비현실적이지 않나? 그런 생각이었다.

재연은 그런 식의 염증을 느끼면서도 인스타그램을 계속 봤다. 인간에 대한 강한 환멸은 통증 완화에 효과가 있었다. 재연은 인스타그램과 스레드가 몸의 괴로움을 잠시나마 잊게 해주었다는 걸 깨달았다. 도파민 효과. 사실은 모두가 아프고, 그래서 밤늦도록 휴대폰을 쥐고 있는 건지도 모른다.

재연은 그런 생각을 하며 인스타그램 피드를 '새로고침'했다. 그때 그걸 본 것이다. 그림자 앱. 릴스 영상이었다. 재연은 다시 느껴지기 시작한 니글거림을 애써 무시하며 영상을 눌렀다. 바로 영상이 커지며 휴대폰 화면을 꽉 채웠다.

어떤 남자(서양 남자였다. 잘 다듬은 노란 수염. 표준 체형. 푸른 눈)가 한적한 주차장 같은 곳에 서 있었다. 해가 높이 뜬 오후인 듯 사방이 밝았다. 시멘트가 깔린 회색 땅은 햇볕에 지글거리는 듯했다. 남자는 휴대폰으로 자신의 그림자를 찍었다. 땅 위의 그림자는 검고 길쭉했다. 평범한 그림자였다.

'뭘 하려는 거지?' 재연은 가벼운 호기심이 일었다. 그런 동시에 인스타그램이 지금 자신이 느끼는 호기심 같은 반사적인 반응을 먹이처럼 삼키며 자신의 존재를 유지하고 있다는 사실이 떠올라 다시금 미약한 혐오감을 느꼈다. 그 감정에는 그런데도 할 수 없이 영상을 끝까지 볼 수밖에 없는 자신에 대한 혐오가 포함되어 있었다.

남자가 자신의 그림자를 찍자 그의 그림자가 복사되어 앱에 나타났다. 남자의 그림자는 걷기 시작했다. 남자가 서 있는 바로 그 자리에서 출발했다. 영상은 그림자의 경로를 보여줬다. 열두 시간 뒤에 남자의 그림자는 로스앤젤레스 롱비치 부근에 위치한 쇼핑몰 주차장에서 '어위데일 스피드웨이'라는 레이싱 트랙까지 가 있었다. 그다음에는 엔칸토 공원을 지나 웨스트 포크 강이 흐르는 트레킹 코스로 들어갔고, 3일 뒤에는 데스밸리 국립공원을 걷고 있었다.

그림자는 걷다가 날기도 했는데 영상에 달린 댓글을 보니 군사적으로 보안이 필요한 지역 같은 곳이나 사유지는 그런 식으로 건너뛰도록 설계가 되어 있는 듯했다. 강이나 연못, 호수 같은 물가가 나오면 헤엄을 쳐서 건너기도 했다. 20일 뒤에 그림자는 시애틀 한복판에 있는 스타벅스 안으로 걸어 들어가 테이블에 앉아 커피를 마셨다(자동 번역된 댓글. '그림자가 어떻게 커피를 주문했는지 우리는 알 수 없다. 그림자 바리스타가 주문을 받은 걸까?').

재연은 그 짧은 영상을 끝까지 다 본 다음 바로 앱 스토어에 들어가 앱을 다운받았다. 앱 이름은 '그림자의 여행'이었다. 그런데 앱을 다운받고 나니 문제가 생각났다. 낮이 아니라 햇빛이 없었다. 검색을 해보니 햇빛이 없을 때는 야외에 있는 가로등을 이용해 그림자를 만들면 된다고 했다. 그도 어려우면 집에 있는 조명을 써도 된다. 하지만 집에 있는 조명을 쓰면 전신 그림자가 잘 만들어지지 않아서 반 토막 나거나 일그러진 그림자의 여행을 보게 될 수도 있다는 경고가 정보형 블로그에 나와 있었다.

재연은 고민하다가 결국 바깥으로 나가 가로등 밑에서 자신의 그림자를 찍고 들어왔다. 앱을 켜서 그림자를 휴대폰 카메라로 찍으면서는 웃음이 피식 났다. 약국에 가는 건 그렇게 귀찮아하고서는 인스타그램에 뜬 릴스를 보고 새로운 앱을 써보겠다고 한밤중에 집에서 나온 자신이 우스웠다. 옷도 집에서 입고 있던 길고 헐렁한 바지와 티셔츠 차림 그대로 나왔다. 신발은 다 해진 슬리퍼였다. 앱은 그림자를 찍을 때 무슨 옷을 입고 있든 신발을 뭘 신든 상관없다는 안내를 띄웠다. 어차피 그림자는 옷도 입지 않고, 신발도 신지 않으니.

＊

'카페에서 베이글이라도 하나 먹고 갈까?'
짧은 횡단보도 하나만 건너면 바로 카페가 있었다. 재연이 역 출구 앞에서 고민하는 사이 신호등이 초록불로 바뀌었다. 그 순간 재연은 마음의 결정을 내리고 횡단보도를 건넜다. 10분이면 간단한 간식 정도는 먹고 갈 수 있을 것 같았다.
카페 문을 열고 들어가기도 전에 재연은 메뉴도 결정했다.

베이글과 크림치즈, 아이스 밀크티. '베이글은 미용실에서 먹기는 좀 민망하니까 급하게 먹더라도 카페에서 먹고 가는 게 낫겠어.' 재연은 언제나 그런 식으로 동선을 짜서 움직이고는 했다. 이 도시에서는 효율이 중요했다. 효율적으로 움직이지 않으면 할 일들을 제대로 할 수 없다. 머릿속으로 세운 계획과 동선이 딱딱 맞아 모든 일을 생각했던 대로 끝마쳤을 때 재연은 작은 쾌감을 느끼고는 했다.

재연은 바로 카페로 들어가 키오스크 앞에 섰다. 카페 안에는 생각보다 사람이 많았다. 재연은 당황스러웠다. 점심 피크는 지나서 사람이 좀 빠졌을 줄 알았는데, 아니었다. 번화가에서는 오후 2시까지를 점심시간대로 생각해야 한다는 것을 깜빡했다.

재연은 키오스크로 얼른 주문을 하고 나서 진동 벨을 손에 쥐고 카운터 근처에서 서성거렸다. 미용실에 늦을까 봐 초조했다. 인스타그램에서 예약 시간보다 늦게 오는 손님들에 대한 불만을 담은 릴스를 본 적이 있었다. 릴스에는 그런 손님들이 정말 싫다는 댓글들도 달려 있었다. 재연은 누군가에게 싫은 사람이 되는 게 싫었다. 싫은 손님보다는 좋은 손님이 되고 싶었다. 그게 그다지 중요하지 않다는 걸 모르는 건 아니었지만, 그래도 이왕이면 어디서든 환영받는 존재이고 싶었다. '진상'이 되는 것은 최악이었다.

1시 45분에 드디어 베이글과 밀크티가 나왔다. 재연은 2층으로 올라가 자리를 잡았다. 다행히 2층에는 좌석이 많아서 1층보다 한결 여유로운 분위기였다. 10분 뒤에 카페에서 나간다면 미용실 예약에 늦지 않을 것이다. 재연은 휴대폰으로 시간을 확인하고 어제 새벽에 다운받은 앱을 켰다. 여유를 부릴 정도로 시간이 많이 남은 것은 아니었지만 잠깐이라도 휴대폰을 보며 한숨 돌리고 싶었다.

〈당신의 그림자가 어디까지 갔는지 보세요!〉

앱을 켜자마자 그런 안내창이 떴다. 재연은 〈확인〉 버튼을 눌렀다. 그림자는 어느 식당 안에 있는 테이블에 앉아 있었다. '여기가 어디지?' 재연은 화면을 손가락으로 움직여 그림자의 위치를 확인했다. '뭐야. 정말? 그새 여기까지 갔다고?' 재연은 믿을 수 없어서 휴대폰 화면을 다시 봤다. 그림자의 위치는 지도로도 볼 수 있게 되어 있었다.

지도상에서 그림자는 타이베이에 있었다. '설마.' 재연은 구글맵을 켜서 타이베이를 검색했다. 역시 떠오른 생각이 맞았다. 그림자는 재연이 '가고 싶은 곳'으로 저장해둔 장소에 가 있었다. 그곳은 딘타이펑 본점이었다. 재연은 헛웃음을 지으며 '그림자의 여행' 앱으로 돌아갔다. 어느새 음식이 나온 것인지 그림자가 만두를 먹고 있었다. 아마도 샤오롱바오를.

"나도 못 먹어본 본점 만두를."

재연은 휴대폰 속 그림자를 보며 중얼거렸다. 녀석이 조금 괘씸하기도 했지만 그보다는 기특한 감정이 더 컸다. 말 그대로 그림자는 여행을 하고 있었다. 어디에도 갈 수 없는 재연을 대신해서. 물론 재연도 마음만 먹는다면 대만 정도야 다녀올 수도 있었다. 하지만 작년에 일본에 다녀온 후 통장 잔고가 거의 바닥났던 것을 생각하면 엄두가 나지 않았다. 카페에서 꾸준히 일한 지 몇 달 되어서 최근에는 그럭저럭 생활은 가능하게 됐다. 그런데 지금 또다시 외국 여행을 간다면 한동안은 다시 돈 걱정에 속이 타는 나날을 보내야 할 것이다. 카페 일에 묶여 있는 지라 사흘 이상은 시간을 내기도 어려웠다.

'그런데 여기까지는 어떻게 간 거야? 하룻밤밖에 안 지났는데.'

재연은 그림자가 출발한 시간을 봤다.

〈A. M. 2:15. 당신의 그림자가 여행을 시작한 지 11시간 32분째입니다.〉

'열한 시간 만에 대만까지 갔다고?'

재연은 그림자의 지난 경로를 볼 수 있는 메뉴로 들어갔다. 그림자는 어제 새벽에 남쪽 방향으로 한 시간 정도 걷다가 택시를 탔다('택시도 탈 수 있구나' 재연은 놀랐다). 그림자가 택시를 타고 간 곳은 인천공항이었다. 목적지에 도착한 그림자는 공항 안을 빙빙 돌면서 분주한 시간을 보냈다. 어디로 갈지 정하지 못해 방황하는 것 같았다. 그러다 지친 듯 공항 안에 있는 의자에 앉아서 쉬기도 했다. 재연은 거기까지 보고 베이글을 집어 들어 한입 크게 베어 물었다. 시간을 맞추려면 얼른 먹어야 했다.

재연은 베이글을 우물거리며 화면 아래에 있는 바를 움직여 그림자의 경로를 빠르게 훑었다. 그림자는 아침에 비행기를 타고 타오위안공항으로 갔고, 거기서 공항철도인 MRT를 타고 시내에 내렸다. 그림자가 어떻게 티켓을 샀는지는 나오지 않았다. 아니, 그림자에게 티켓은 필요 없었을 것이다. 모두 가상으로 일어난 일이니까.

앱이 그림자의 여행을 제법 그럴싸하게 구현해놓은 것을 보고 재연은 감탄했다. 대리 만족이 되는 것 같기도 했다. 타이베이는 서울과 한 시간의 시차가 나서 현재 12시 55분이었다. 딱 점심시간이기는 했다.

'그림자도 점심을 먹고 싶었던 걸까? 참 신묘한 세상이야.'

재연은 마지막 남은 베이글 한 조각을 입안에 넣고 밀크티를 쭉 마셨다. 이제 미용실 예약까지 5분밖에 남지 않았다. 재연은 서둘러 쟁반을 챙겨 일어나 그릇을 반납하는 곳으로 갔다. 2층 구석에 반납 카운터가 있었다. 그림자의 여정을 보는 데에 정신이 팔려 안 그래도 빠듯했던 시간이 더욱 촉박해졌다. 재연은 초초함에 심장이 죄어드는 듯했다. 겨우 미용실 예약에 늦을까 봐 이렇게 긴장이 되다니. 스스로도 이해가 되지 않았다. 쓰레기는 쓰레기통에 넣고, 빨대는 어디에 버려야 하더라? 갑자기 머리가 멍해지면서 식은땀까지 났다. 아차 하는 사이 한 손에 든 쟁반이 미끄러지면서 하얀 도자기 컵이 그대로 바닥으로 떨어졌다.

바닥에 부딪힌 컵은 곧장 요란한 소리를 내며 산산조각 나버렸다. 그 순간 카페 안 사람들의 시선이 재연 쪽으로 집중

됐다. 재연은 차마 고개를 들지 못하고 달아오른 얼굴로 깨진 컵 조각들을 주웠다. 다행이라고 해야 할지 컵은 대부분 큰 조각들로 깨어져서 치우는 것이 그리 어렵지는 않았다. 큰 조각들을 다 치우고 나니 남은 작은 파편들은 한 줌도 되지 않았다. 재연은 냅킨으로 작은 파편들과 모래알 같은 가루들을 쓸어 쓰레기통 앞 한구석에 모아놓았다.

1층으로 가는 계단을 내려가면서는 직원에게 컵을 깼다는 말을 할까 망설였지만 직원과 이야기를 하다가 미용실에 너무 늦어버릴까 봐 걱정이 되어 그냥 출입문 밖으로 나왔다.

✳

뜨거운 햇볕이 재연의 목덜미에 내리쬐었다. 바로 그 순간부터 멀미를 하는 것처럼 속이 니글거리기 시작했다. 베이글과 밀크티는 아직 무리였을까? 하루쯤은 죽을 먹거나 속을 비워뒀어야 했나? 어쩌면 이렇게 허약한지. 재연은 자기 자신에게 짜증이 났다. 걸핏하면 여기저기가 아프고 탈이 나는 자신이 지긋지긋했다. 재연은 자신이 자주 아픈 것이 신경이 예민하기 때문이라고 생각했다. 실제로 탈이 나서 병원에 가면 항상 스트레스가 문제라는 말을 들었다.

확실히 재연은 신경과민이었다. 타고나길 남들보다 예민한 성격이기도 했고, 후천적으로 그런 기질이 더 강해졌다. 재연은 서울 한복판에서 태어나 이 도시에서 평생을 살았다.

가끔 여행을 하기도 했지만, 다른 도시에서 살아본 적은 없었다. 다른 지역으로 여행을 가거나 다른 나라에 가보면 서울이 얼마나 인구밀도가 높은 도시인지 깨닫게 됐다.

서울에는 사람이 너무 많았다. 징글징글하게 많았다. 천만이라니! 서울은 큰 도시였다. 이쪽 끝에서 저쪽 끝까지 가려면 지하철을 타고도 두 시간 가까이 걸렸다. 지하철 노선도도 너무 복잡했다. 버스는 또 얼마나 많은지. 게다가 그 많은 지하철과 버스가 어느 시간대에 타도 꽉꽉 들어찬다. 한적한 시간대는 거의 없었다.

이 바쁜 도시에서 재연은 아르바이트로 쥐꼬랑지 같은 돈을 겨우 벌면서 끼니를 되는대로 대충 때우며 하루하루 버티고 있었다. 존버. 매일이 존버다. 하여튼 버텨야만 한다. 죽도록. 줄을 두 손으로 꽉 붙잡고 대롱대롱 매달려 있는 것 같은 나날이었다. 카페 아르바이트도 슬슬 지겨웠다. 재연이 일하는 곳은 약간 실험적인 무인 카페였다. 사람들은 키오스크나 앱으로 메뉴를 주문했고, 음료는 로봇 두 대가 만들었다. 로봇은 사람들이 볼 수 있는 곳에 있었다. 원래라면 직원이 서 있어야 할 자리였다.

반대로 재연은 벽 뒤의 공간에서 일했다. 로봇이 설치된 카운터에는 벽이 세워져 있었는데 그 뒤에 주방 같은 공간이 있었다. 일을 하다 보면 재연은 자신이 로봇의 보조 같다는 느낌이 들고는 했다. 손님의 주문이 들어오면 로봇은 입력된 레시피대로 정확하고 빠르게 음료를 만들었다. 재연이 일하는 카페에서 바리스타 역할을 하는 것은 두 대의 로봇이었다.

　재연은 음료를 만드는 대신 로봇이 못하는 일들을 했다. 깨끗한 쟁반을 준비해놓고, 재료를 채워두고, 손님이 반납한 그릇을 설거지 기계에 넣고, 빵을 오븐에 넣고 데우는 일도 했다. 손님들의 요구 사항이나 불만을 상대하는 것도 재연의 일이었다(카페 카운터에 직원을 부를 수 있는 벨이 있었다). 쓰레기통을 비우고 바닥을 닦는 등 홀을 청소하는 일도 당연히 재연이 할 일이었다. 로봇들은 음료 만드는 일만 했다. 카페에 오는 손님들은 로봇이 만드는 음료를 마시러 오는 것이었다. 손님들에게 재연은 아무도 아니었다.

　재연은 요즘 들어 부쩍 무료함을 느꼈다. 일을 처음 시작했을 때는 로봇들과 일한다는 게 재밌기도 했고, 로봇들이 음료를 만드는 모습을 구경하는 것이 즐겁기도 했지만, 최근에는 일이 점점 지겨워져서 출근하는 게 고역이었다. '나는 로봇의 보조 역할을 하려고 태어난 걸까?' 하는 생각마저 들었다.

　일주일에 네 번, 하루에 여덟 시간씩 일한다. 일을 하지 않는 날에는 친구를 만나거나, 카페나 도서관에 가서 책을 읽기도 한다. 하지만 외출을 하는 날이 그리 많지는 않다. 밖에 나가면 돈을 쓰니까 가급적 집에 있으려고 한다. 집에서는 멍하니 누워서 시간을 보낼 때가 많았다.

　재연은 스물아홉이었다. 내년이면 서른이다. 가까운 미래든 먼 미래든 앞날을 생각하면 막막하기만 했다. '어떡해야 하지?' 재연에게는 뚜렷한 계획도, 꿈도, 인생관도 없었다. 대학을 졸업한 후에도 학교를 다닐 때처럼 영화관이나 카페에서 아르바이트를 하며 그럭저럭 먹고살았다. 경력이 그다지 필요하지 않은 사무 보조 일을 하기도 했다.

그렇게 몇 년을 흘려보내고 나니 이제는 정규직 일자리에는 이력서를 넣어도 연락이 오지 않았다. 가끔 운이 좋아서 서류가 붙어도 면접에서는 반드시 떨어졌다. 면접에 가면 스스로도 이해가 되지 않을 만큼 위축이 되어서 목소리가 개미처럼 기어들어갔다. 재연은 면접관들에게 그들이 자신을 선택해야만 하는 이유를 말할 수 없었다. 그런 이유 같은 것은 한 가지도 떠오르지 않았다. 재연은 그저 평범한 인간 중 하나였다. 면접관들에게 자신의 장점이나 살아가는 태도에 대해 말해야 하는 것이 재연은 너무나 괴롭고 수치스러웠다. 무슨 말을 해도 거짓말 같았고, 때로는 바보 같은 역할극을 하는 것 같은 기분이 들었다.

어느 면접 자리에서는 그런 태도로는 평생 아무 일도 할 수 없고 어떤 곳도 당신을 뽑지 않을 거라는 말을 듣기도 했다. 수업 태도가 엉망인 학생을 혼내는 듯한 호된 어조였다. 그 일을 계기로 굳게 마음을 먹고 다른 인생을 살게 됐다면 좋았겠지만, 재연은 오히려 면접이 무서워졌다. 면접을 볼 기회가 생겨도 면접관들의 차가운 눈빛을 떠올리면 그때부터 가슴이 쿵쾅거려서 포기하고는 했다.

나중에는 꼭 면접만이 아니라 사람을 상대하는 일 자체가 조금은 두려워졌다. 재연이 지금 일하는 카페를 금방 그만두지 않을 수 있었던 것도 다른 아르바이트보다는 손님을 직접 응대하는 횟수가 비교적 적어서였다. 재연은 카운터 벽 뒤에 있는 주방 안에서 모니터로 손님들을 바라보고는 했다. 점심시간에는 오피스룩을 입은 직장인들이 커피를 사러 몰려들었다. 재연은 그들도 나름대로 고충이 있을 거라는 걸 모르지 않았지만, 그래도 그들이 자신보다는 훨씬 나은 처지라고 생각했다. 재연은 그들의 얼굴에서 떳떳한 자신감을 봤다. 어쨌든 사회의 일원으로서 한몫을 하고 있다는, 정상적인 삶을 살고 있다는 자부심 혹은 안도감일 수도 있었다. 점심시간의 활기 속에서 그들은 생생해 보였다. 그들에 비하면 재연은 그림자 같은 존재였다. 그들이 마실 커피를 준비하기 위해 일하는 그림자. 이 사회에는 그림자 같은 존재들이 있었다. 눈에 보이기는 하지만 진짜 살아 있는 사람들처럼 생생하지는 않은.

✳

미용실 건물로 들어가 엘리베이터를 타고 올라가는 동안 잡생각들은 흩어졌다. 자신이 그림자 같다느니 하는. 그런 생각은 엘리베이터 문이 열린 동시에 깨끗이 사라져버렸다. 재연은 2층에 내렸다. 미용실은 건물을 통째로 쓰고 있는 듯했다. 1층에는 계단과 엘리베이터밖에 없었고, 2층에 로비가 있었다. 로비는 환하고 번쩍거렸다. 로비의 카운터에 서 있던 직원은 재연과 눈이 마주치자마자 "예약하셨어요?" 하고 물었다. 재연은 그렇다고 말하고 자신의 이름을 댔다. 아마도 스물다섯 살 전후일 젊은 직원은 머리부터 발끝까지 말끔한 차림새였다. 미용실에서 일하는 사람이니 머리 스타일이 세련된 것은 당연하고, 검은색 유니폼은 너무 깨끗해서 빛이 나는 것처럼 보일 정도였다. 피부도 하얗고 깨끗했고, 화장도 과한 느낌 없이 적당히 예쁘게 반짝거렸다.

곧 다른 직원이 와서 재연에게 미용실 가운을 입혀주고 가방을 받아준 뒤 로비 의자로 안내했다. "여기서 잠깐만 기다려 주세요." 그리고 그 직원은 바로 가버렸다. 재연은 의자에 앉아 헤어 디자이너가 오기를 기다렸다. 대리석 같은 느낌의 의자는 너무 딱딱하고 차가웠다. 헤어 디자이너를 기다리는 사이 재연은 너무나 지쳐버렸다.

재연은 휴대폰을 꺼냈다. 뭐라도 보고 있어야 긴장이 풀릴 것 같았다. 그림자는 지금 뭘 하고 있을지 궁금했다. 앱으로 들어가자 그림자가 보였다. 그림자는 어딘가를 걷고 있었다. 지도를 확인하니 아직 타이베이 시내에 있었다. '점심을 먹었으니 느긋하게 산책이라도 하는 건가?' 재연은 그림자에게 어느새 애정이 생겨 미소를 지었다. 타이베이 시내를 걷고 있는 그림자는 왠지 어리숙해 보였는데, 그게 귀여웠다.

그림자는 공원을 한 바퀴 도나 싶더니 갑자기 멈춰 서서 벤치에 앉았다. '뭐 하는 거지?' 재연은 그림자를 들여다봤다. 그림자는 휴대폰을 보고 있었다. '휴대폰을 보면서 쉬는 건가?' 그림자도 다른 게임 캐릭터처럼 휴식을 통한 에너지 충전이 필요한 것일 거라고 재연은 이해했다. 지금으로써는 인스타그램보다 그림자의 여행을 지켜보는 게 더 재밌게 느껴졌다. 그림자가 어디로, 어디까지 갈지 궁금했다. 그림자를 응원하고 싶었다.

그런데 마침 그때 헤어 디자이너가 와서 재연은 앱을 끌 수밖에 없었다. 마음 같아서는 그림자가 무엇을 하는지 계속 보고 싶었지만 휴대폰에만 코를 박고 있으면 얼마나 사회성이 떨어져 보이겠는가. 재연은 헤어 디자이너를 비롯한 이 미용실의 직원들에게 이상한 사람처럼 보이고 싶지 않았다.

"오늘 어떤 머리 하려고 오셨어요?"

헤어 디자이너가 재연을 푹신한 의자에 앉혀놓고 물었다. 재연은 머리가 덥수룩해져서 깔끔하게 커트하고 염색도 하고 싶다고 말했다. 헤어 디자이너는 태블릿으로 재연의 예약을 확인하는 듯싶더니 고개를 끄덕였다. 재연은 예약 페이지에 커트와 염색, 그리고 '탈색 추가' 옵션에 체크를 해놓았다.

"염색은 어떤 색으로 하고 싶으세요?"

헤어 디자이너는 아주 프로페셔널해 보였다. 재연은 피로할 뿐이었다. 헤어 디자이너에게, 카운터의 예쁘고 어린 직원에게, 이 번쩍거리는 미용실 전체에 기가 죽었다.

"빨강도 될까요?"

재연이 말하자 헤어 디자이너는 다양한 색깔들로 염색이

된 가짜 머리카락이 줄줄이 붙어 있는 커다란 샘플 북을 가져왔다. 샘플 북에는 너무 여러 가지 톤의 빨강이 있어서 재연은 빨리 고를 수가 없었다. 미용실의 환한 조명. 차가운 에어컨 바람. 낯선 사람들. 신경이 곤두서서 샘플 북에 집중이 되지 않았다.

"이 색은 어떨까요?"

헤어 디자이너가 가짜 머리카락 한 줄기를 가리켰다. 재연은 고개를 끄덕였다.

"그걸로 해주세요."

헤어 디자이너는 염색약을 준비해 오겠다고 하고 자리를 떠났다. 미용실에서는 향긋한 헤어 오일 냄새가 났다. 그 냄새는 향기로웠지만 위장을 자극했다. 재연은 미용실을 꽉 채운 향기가 코로 흘러들어와 위장을 찔러대는 것 같다는 생각을 하며 불안하게 두 손을 만지작거렸다. 에어컨으로 차가워진 공기도 싫었다. 헤어 디자이너가 떠나고 거의 바로 보조 직원이 왔다.

"오늘 빨강으로 염색하시는 것 맞으시죠? 탈색 2회와 염색, 그리고 커트까지 하시면."

보조 직원은 가격을 말하는 대신 태블릿을 보여줬다. 42만 5천 원. 재연이 예상한 것보다 훨씬 비쌌다. 재연은 가슴이 두근거렸지만 할 수 없이 직원이 건네준 태블릿 펜으로 '동의'란에 체크하고 서명까지 했다.

하루에 여덟 시간씩 4일 일하고, 그다음 주에 하루를 더

일해야 40만 원이 된다. 재연은 그런 식의 계산이 몸에 배어 있었다. 머리를 하고 나면 통장 잔고가 거의 반은 줄어들게 된다. 월급을 받은 지는 이틀밖에 되지 않았다. 다행히 월세는 이미 계좌에서 빠져나갔다. 다음 월급날까지는 여러모로 아끼며 가난한 생활을 해야 할 것이다. 여행이라니. 재연은 그림자를 보며 자신도 대만에 가려면 갈 수 있다고 생각했던 것이 바보 같아서 웃음이 났다.

재연은 대만에 갈 수 없었다. 오늘 미용실에서 새로 머리를 한 비용을 치르고 나면 외국은커녕 국내 여행을 할 돈도 없을 것이다. 지금 상황에서 여행은 사치라는 걸 재연은 뼈저리게 깨달았다. 이렇게 비싼 미용실에서 머리를 하는 것은 여행보다 더한 사치였다. 그런데도 재연은 푹신한 의자에서 벌떡 일어나 미용실 밖으로 나갈 수 없었다.

'무엇을 위해서? 나는 왜 여기 있는 걸까?'

그저 머리카락을 빨갛게 염색하고 싶은 충동이 너무 강했다. 몇 달 전부터 느껴온 충동이었다. 재연은 참고 참다가 충동이 폭발한 2주 전 새벽에 미용실 예약을 해버렸다. 가장 잘 할 것 같은, 요즘 가장 인기 있는 헤어 디자이너 중 한 사람을 골라서.

시간이 꽤 지난 후에 헤어 디자이너가 돌아와서 재연의 머리에 약을 바르고 갔다. 두 번의 탈색 과정을 거치는 동안 재연은 무척 괴로웠다. 두피가 불타는 것처럼 화끈거렸다. 첫 번째는 참을 만했지만, 두번째는 중간에 포기하고 싶은 마음이 몇 번이나 일어났다. 너무 아파서 머리 껍데기가 벗겨지는 것은 아닐까 무서울 정도였다. 하지만 우는소리를 하면 미용실 직원들이 비웃지는 않을까 싶어 두 손을 꽉 쥐고 신음을 참으며 견뎠다. 어차피 탈색을 하다 만 머리로 바깥에 나갈 수도 없었다. 샛노랗게 얼룩진 덥수룩한 머리로 거리를 돌아다니면 부랑자처럼 보일 것이다. 사람들은 의심과 호기심이 담긴 눈으로 재연을 쳐다볼 것이다.

재연은 그런 시선을 받고 싶지 않았다. 어쩌면 이곳에 온 것은 그 반대의 의도였다. 세련된 미용실에서 멋진 머리를 하면 적어도, 적어도 사람처럼은 보이지 않을까? 이 도시에서 인간은 두 종류로 나뉘었다. 동물에 가까운 인간과 제대로 된 교육을 받아 지성과 교양을 갖춘 인간. 정상 이하의 인간과 정상적인 인간. 한쪽은 동물이었고, 다른 한쪽은 영혼이 있는 진짜 사람이었다. 이 도시에서 동물 같은 인간은 투명 인간이나 마찬가지였다. 혹은 진짜 사람들의 그림자거나. 재연은 진짜 인간처럼 보이고 싶었다. 다른 사람들에게 존중받고 싶었다. 다른 사람들이 차가운 무표정으로 자신을 보는 것이 아니라 친절하고 따뜻한 미소를 지으며 자신을 바라봐주었으면 했다. 그래서 이곳에 온 것이다. 세련되고 멋진 머리를 해서 진짜 인간처럼 보이려고.

드디어 탈색이 끝나고 나서는 놀라울 정도로 빠르게 괜찮아졌다. 직원의 정성스러운 샴푸를 받고 나자 두피가 훨씬 진정되었다. 헤어 디자이너는 재연의 머리카락에 빨간색 염색약을 발라놓고 다시 자리를 떠났다. 헤어 디자이너에게는 다른 손님도 있었다. 보조 직원이 씌워준 헤어 커버 밑으로 드러난 머리카락과 이마의 경계선 부근에는 붉은 염색약이 잔뜩 묻어 있었다.

'피가 묻어 있는 것 같네.'

재연은 거울 속의 자신을 보며 생각했다. 헤어 디자이너는 20분쯤 두어야 한다고 했다. 재연은 가운 주머니에 넣어두었던 휴대폰을 꺼내 다시 앱으로 들어가봤다. 그림자는 공원 벤치에 앉아 있었다. 아까와 같았다. '지금까지 계속 저러고 있었던 거야?' 재연은 답답해서 그림자를 손가락으로 터치했다. '움직여. 움직이라고.'

〈그림자는 돈이 떨어졌습니다. 여행을 계속하려면 충전이 필요합니다.〉

화면에서 안내창이 반짝거렸다. '이게 무슨 소리야?' 재연은 기가 막혔다. '그런 정보가 있었나?' 어제 새벽에는 몸이 안 좋아서 다운로드 페이지에 있는 설명을 제대로 읽지 못했고, 리뷰도 체크하지 못했다. 블로그에서도 그런 정보는 읽지 못한 것 같았지만 확신할 수는 없었다. 기억이 가물가물했다.

충전은 간단했다. 많은 돈을 쓸 필요도 없었다. 재연이 약간의 돈을 충전하자 그림자의 허리에 두툼한 주머니가 달리면서 빛이 났다. 실제로 재연이 쓴 돈은 5천 원 정도였지만, 앱 속 세상에서는 그 적은 돈이 10만 코인으로 바뀌었다. 그림자는 곧바로 벤치에서 일어나 걷기 시작했다. '그래, 가. 멀리까지 가보라고. 가능한 한 멀리. 멋진 곳으로.'

그러나 그림자는 몇 걸음도 가지 않아서 다시 멈추어 섰다. '왜 또 멈췄어?' 재연은 답답한 마음으로 그림자를 바라봤다. 그림자는 휴대폰으로 뭔가를 했다. 잠시 후에 택시가 와서 그림자의 앞에 섰다. '택시를 부른 거였구나. 어디로 가려는 거지?' 그림자가 택시에 타고 나서 재연의 궁금증은 바로 해소되었다.

〈그림자가 충분히 휴식을 즐길 만큼 훌륭한 호텔로 갈까요? 아니면 가진 돈 안에서 분수에 맞는 숙소로 갈 수도 있습니다.〉

고를 수 있는 숙소는 세 개가 있었다. 럭셔리 호텔과 적당히 좋은 호텔, 허름한 숙소. 럭셔리 호텔은 추가로 충전이 필요했다. 재연은 약간 짜증이 났지만 그림자를 위해 적당히 좋은 호텔을 골라주었다. 목적지가 결정되자 그림자는 그럭저럭 만족한다는 듯 고개를 까닥거렸다. 택시는 시내 도로를 빠르게 달려 그림자를 호텔로 데려갔다.

그림자는 깔끔하고 모던한 분위기의 호텔 로비에서 유유히 체크인을 마친 뒤 배정된 방으로 들어갔다. 그리고 욕실에서 샤워를 하고 수건으로 몸을 닦고는 그대로 침대로 들어가 TV를 켰다. '아니, 그게 아니지. 너는 여행하라고 만들어진 그림자잖아. 밖에 나가서 여행을 해.' 재연은 부아가 치밀어서 그림자를 손가락으로 두드렸다.

〈아이고! 그림자가 돈을 다 써버렸네요. 그림자를 도와줄까요?〉

기껏 충전해준 돈이 택시비와 호텔 숙박비로 다 날아가버렸다. 그림자는 느긋하게 침대에 누워 TV 화면만 바라보고 있었다. TV에서는 바보 같은 영상만 나왔다. '이 바보 멍청이!' 재연은 화가 나서 앱을 끄고 휴대폰을 가운 주머니에 넣었다. 그러고도 화가 식지 않아서 다시 휴대폰을 꺼내 앱을 아예 삭제해버렸다. '바보 같은 그림자야, 안녕. 넌 어디로든 갈 수 있었어. 그런데 타이베이까지 가서 겨우 공원 벤치에 앉아 휴대폰이나 하고, 호텔에서 TV를 보고 있다니. 넌 정말 바보야. 영원히 그 속에서 TV나 봐라.'

그림자의 여행을 위해 쓴 돈이 아까워서 속이 부글부글 끓었다. 그림자는 죄가 없었다. 그것은 재연도 알았다. 얄팍한 상술을 쓰는 앱 개발 회사가 문제였다. 그렇게 괜찮은 기획을 해놓고서 결제 시스템을 그 따위로 만들다니. '개발자도 그러기 싫었을 거야.' 재연은 생각을 이어나갔다. '아마 회사의 더 높은 사람들이 시켰겠지. 경영진이나 그런 사람들이. 어쨌든 회사는 돈을 벌어야 하니까.'

재연은 그런 식의 상업주의가 지긋지긋했다. 그러나 이 사회의 시스템을 싫어한들 어쩌겠는가. 재연은 할 수 있는 것이 없었다. 받아들이고 사는 것밖에는.

재연은 하던 생각을 멈추고 휴대폰을 화장대에 내려놓고 눈을 감았다. 잠시라도 쉬고 싶었다. 하지만 몇 분도 견디지 못하고 휴대폰을 집어 들었다. 휴대폰으로 딱히 할 일은 없었다. 다운로드받아놓았던 전자책이 몇 권 있었지만 지금은 피곤해서 긴 글은 눈에 들어오지 않을 듯했다. 지금 재연에게는 그저 시간을 때울 거리가 필요했다. 재연은 한숨을 길게 내쉰 뒤 인스타그램으로 들어갔다.

＊

재연이 미용실에 들어온 지 다섯 시간이나 지난 뒤에 머리가 완성됐다. 재연은 처음에는 직원이 태블릿으로 보여준 가격이 말도 안 되게 비싸다고 생각했지만, 최고의 헤어 디자이너가 심혈을 기울여 자신의 머리를 만져주고 수습 디자이너인 직원이 서너 명이나 달라붙어 여러 과정을 보조하는 과정을 거치고 나니 가격이 어느 정도는 납득이 갔다. 비싼 동네에서 이런 세련된 건물을 통째로 쓰고, 인건비에, 관리비에, 인기 많은 디자이너들을 데려오기 위해 들어간 돈도 있을 것이다. 샴푸도 네 번이나 받았다. 재연 한 사람을 위해 다섯 시간 동안 모두가 고생한 것이다.

"마음에 드시죠?"

헤어 디자이너는 자신 있는 목소리로 재연을 보며 물었다.

"네, 아주 마음에 들어요."

다른 직원들도 환하게 웃으며 박수를 쳤다. 재연은 헤어 디자이너와 수습 디자이너 세 명에 둘러싸인 채 거울 속 자신을 보며 미소 지었다. 거울에 비친 유리창 밖에 그림자가 있는 것이 보였다.

'쟤가 왜 저기 있는 거야?'

재연은 고개를 홱 돌렸다. 유리창 밖에 분명 그림자가 있었다. 재연은 푹신한 의자에서 일어나 창가로 걸어갔다. 그림자는 유리창에 달라붙어 있었다. 재연은 유리창을 더듬었다. 재연과 그림자는 창 하나를 사이에 두고 아주 가까이에 있었다.

'날 데리러 온 거니? 같이 여행을 하려고?'

재연의 머릿속에 그런 생각이 떠올랐다. 논리를 거치지 않은, 그저 그 순간에 떠오른 생각이었다. 말이 되지 않는 생각이라는 건 재연 스스로도 알았다.

'비행기를 타고 왔나? 아니면 날아서?'

재연은 그런 비논리적인 생각에 빠져들었다. 마치 블랙홀 같은 우주 물질이 자신을 빨아들이는 것 같았다. 재연은 어지럼증을 느끼며 그림자를 바라보았다. 그림자는 훌쩍 뛰어서 나무로 건너가 나뭇가지를 잡고 아래로 내려갔다. 그때까지 재연은 그림자에 정신이 팔려 유리창 너머에 큰 나무가 있다는 것도 모르고 있었다.

'저 나무를 타고 올라온 거였구나.'

재연은 벌써 거리에 착지해서 어딘가를 향해 걷고 있는 그림자를 보며 생각했다. 멍했던 생각은 곧 응원으로 바뀌었다. '그래, 가. 멀리. 아주 멀리까지 가봐!' 그 순간 재연은 가슴이 저미는 통증을 느꼈다. 왠지 눈물까지 났다. 재연은 손으로 얼굴을 더듬어 닦고 돌아서서 놀란 눈으로 자신을 보고 있는 미용실 직원들을 봤다. 그들도 이런 기분을 알까? 영원히 빠져나갈 수 없는 상자에 갇힌 듯한.

재연은 그들을 붙들고 우리는 유리 상자에 갇혀 있다고 외치고 싶은 충동을 느꼈다. 그러나 그런 충동을 꾹 참고 로비 카운터에서 카드로 결제를 하고 나왔다. 얌전하게.

그림자는 어디로 갔을까? 재연은 지하철역 쪽으로 가는 대신 그 반대편을 향해 걷기 시작했다. 그림자가 갔을 법한 곳으로. 그곳이 어디인지 재연은 어렴풋이 알 것 같았다. 그림자는 출구를 향해 갔을 것이다. 이 세계에서 빠져나갈 출구를 향해. 이 세계에는 그런 문이 없을지도 모르지만. 순간 재연에게 출구가 떠올랐다. 죽음. '그것만이 출구일까?'

그러나 재연은 죽고 싶은 것이 아니었다. 재연이 찾고 싶은 것은 삶이었다. 유리 상자 바깥에 있는 세상이었다. 하지만 유리 상자 같은 것은 애초에 존재하지 않는지도 몰랐다. 재연은 자신이 아주 지쳤다는 것을 느꼈다. 너무 피로하고 지쳐서 판단력이 정상적으로 작동하지 않는 느낌이었다.

재연은 우선 집으로 돌아가기로 했다. '일단 집에 가서 한숨 자자. 그러고 나서 다시 생각해보는 거야.'

퇴근 시간이 겹쳐 지하철역과 열차 안에는 사람이 아주 많았다. 열차 안에 가득 찬 사람들 속에 끼여서 재연은 오직 하나만을 생각했다. 탈출. 그리고 탈출만을. 재연은 열차 안의 사람들이 모두 자신과 같은 생각을 하고 있다는 것을 느낄 수 있었다.

'그림자는 어디까지 갔을까?'

재연은 금방이라도 무너질 것처럼 지쳐서 도어록 비밀번호를 누르고 집 안으로 들어갔다. 소파에서 어떤 형체가 몸을 일으키는 것이 보였다. 그것은 검고 납작한 그림자였다. 재연은 소파에 앉아 있는 그림자를 보았다.

"넌 여기 있으면 안 돼. 여행을 해야지. 멀리 가야지."

재연은 중얼거리며 그림자에게 다가갔다. 그리고 소파에 앉았다. 소파는 너무나 아늑하고 편안했다. 재연이 소파에 몸을 누이자 그림자는 바닥으로 내려가 옆으로 누웠다.

"그래, 한숨 자자. 한숨만. 잠깐만 눈을 붙일게. 너도 쉬어."

재연은 바닥의 그림자를 향해 작은 목소리로 웅얼거리고 눈을 감았다. 그림자는 재연이 잠이 든 것을 확인하고 천천히 일어나 창문을 열고 나갔다. 재연은 너무 깊이 잠들어서 아무런 기척도 느낄 수 없었다.

# 끈끈이

돌기민

I can't take this place, no I can't take this place. I just wanna go where I can get some space.

— Glass Animals, 「Gooey」


선생은 거실 창가에 설치한 스미스 머신에 손잡이 떼어낸 줄넘기를 옭매듭으로 묶어 목매달았다. 체육 시간 귀여운 남중생에게 2단 뛰기 시범 보일 때 곧잘 손에 쥔 검정 줄넘기였다. 평소 화분 올려두는 스툴을 벤치 자리에 놓아 발로 넘어뜨렸다. 그의 아들이 밑반찬 가져다주려 사흘 만에 방문하니 쨍한 오후 햇살을 받아 그림자가 거실 바닥에 고무 밴드처럼 늘어졌다. 핏기 없는 얼굴, 툭 불거진 혀, 목에 찍힌 손톱자국, 손발에 생긴 시반, 나일론 운동복 바지를 적시며 매트와 덤벨에 떨어진 배설물 뒤로 싱그러운 다육식물이 징그럽게 많았다. 그는 아침마다 발코니 옆 소파에 앉아 커피 한잔하다 분무기와 핀셋으로 다육식물 하나하나 돌봤다.

아들은 텔레비전 옆 장식장에 진열된 트로피와 유리 감사패가 반사하는 빛, 날카로운 벽시계 초침 소리로 이마를 두들겨 맞는 심정이었다. 냉장고엔 먹지 못한 뽀얀 단감이 한가득이었다. 선생은 단감을 차갑게 먹길 좋아했다. 음식물처리기는 감 껍질 없이 텅 비어 있었다. 경찰은 깔끔히 정돈된 안방 천장과 벽에 곰팡이같이 덕지덕지 묻은 타르를 수상히 여겼지만 부검의는 사인을 단호히 액사縊死라 밝혔다. 선생이 알아서 목숨 끊어 한시름 놓은 학생보다 빈소에 조문하러 와 눈물 찔찔 흘리는 제자가 훨씬 많았다.

선생의 전 아내와 딸이 다녀간 집에, 유품과 증언을 수집해 고인의 평전을 기술하는 아키비스트가 찾아왔다. 니트릴 장갑을 착용한 그는 장식장 서랍 뒤져 귀중한 갈색 가죽 앨범을 집어 들었다. 선생은 중학교 근무 시절 특별히 아낀 학생 사진을 졸업 앨범에서 오려 따로 앨범을 만들었다. 앨범엔 아키비스트의 앳된 얼굴도 있었다.

*미래의 아키비스트에게*

### 2074년 1월 1일 월요일

새해 맞아 목숨 끊길 때까지 일기 써보기로 마음먹었다. 돈도 부지런히 벌고 밤마다 영상 작업도 해야 하니 매일 쓰진 못하겠지만 체력이 허락하는 한 틈틈이(한 달에 한두 번?) 자기 전에 (밀린) 일상을 (몰아서) 기록할 것이다. 아마 상세한 작업 일지이자 오랜 수치심과 두려움을 파고드는 어설픈 아카이브가 되지 않을까. 나중에 이 일기장을 검토할 담당자가 노련한 솜씨로 정리해주겠지.

이쯤에서 내 소개를 적어두는 게 좋겠다. 이름은 밍키. 미디어 아티스트. 2042년 8월 4일에 태어나 31년 살았다. 그 일을 겪은 지는 16년 됐다. 키는 168센티, 몸무게는 55킬로. 당구공 저리 가라 할 매끈한 피부와 예쁘장한 얼굴도 얼굴인데 탱탱한 엉덩이가 일품이다. 어떻게든 한입 먹어보려 개처럼 달려드는 중년남이 줄줄이 줄 선다. 조소과 졸업하자마자 3년 다닌 직장 때려치운 날 오른쪽 엉덩이에 검은 잉크로 창娼을 새겼다. 손때 묻은 온갖 자료에 둘러싸여 갑갑한 사무실에서 해 떨어지는지도 몰라 공중화장실 비누처럼 소모되느니 더 늦기 전에 비싼 창놈이 되기로 했다. 오늘 집(정확히는 침실)에 다녀간 중년남은 세 명. 어젠 단골손님 털보 아저씨 포함 다섯 명이었다. 오후 2시부터 6시까지 중년남에게 허투루 내어준 엉덩이와 새벽 2시가 넘은 지금 작업실에서 일기 쓰는 엉덩이는 똑같은 엉덩이다.

내 몸에 끔찍한 하자가 있긴 하다. 초등학교 5학년 때 멍청한 친구 주장에 속아넘어가 손 떨리는 할배에게 포경수술 받는 바람에 포피 연장 기구를 6년째 착용 중이다. 어린애들이 포피 잘라냈다는 드문 소식 접하면 희생자가 또 생겼구나 싶어 잠깐이나마 가슴을 쓸어내리지만, 포피가 보드랍게 벗겨지고 모아지는 촉촉한 고추를 맞닥뜨리는 순간 속절없이 매료되는 한편 억장이 살살 무너지고 만다. 무슨 짓을 하든 잃어버린 포피를 당장 되찾을 방법은 없다. 돈이 남아돌아 몸을 바꾸거나 다른 현실로 도약하지 않는 이상. 아무리 지랄에 지랄을 반복해도 내가 그곳에서 몹쓸 짓을 당한 사실이 달라지지 않듯.

**2074년 1월 27일 토요일**

2059년 2월 6일에 55회로 졸업한 남자중학교 체육관에 다녀왔다. 작년 11월엔 단짝 친구 잭스와 2학년 교실과 교무실, 운동장을 샅샅이 답사했다.

오후 1시 반경, 질척이는 잿빛 눈을 사뿐사뿐 밟아 아파트에서 가까운 C3 승강장으로 갔다. 타디스TARDIS 엘리베이터의 원기둥 모양 유리 승강로 외벽 터치스크린에 행선지인 17지구를 입력하자, 도보로 13분 거리에 있는 C4 엘리베이터에 탑승해 최단 경로로 이동하라는 안내 음성이 나왔다. 온라인으로 얼마든지 행선지 예약 시스템을 이용할 수 있지만, 다짜고짜 집 밖에 나와 신선한 공기 한껏 들이마시며 탑승 위치 직접 알아내는 걸 선호한다. 막상 엘리베이터 놓칠까 봐 허둥지둥 걸었더니 점퍼 안이 후끈했다. 39지구에 2분 정차했다 잔뜩 흐린 하늘을 뚫고 38지구로 내려와 승객을 우르르 뱉어낸 타디스에 서둘러 탑승했다. 교통카드 단말기를 지나 운 좋게 창가 좌석에 자리 잡았다. 요금은 이동 거리에 상관없이 2만 5천 원.

타디스는 외관보다 내부 공간이 훨씬 넓은 유선형 캡슐 케이지가 상하로 움직이는 초고속 엘리베이터다. 운행 속도가 시속 3백 킬로라 통상 15킬로 떨어진 두 지구 사이를 3분 만에 주파한다. 기압과 진동을 제어하는 장치 덕에 이명 없이 편안하게 탈 수 있다. 타디스 엔지니어로 일하는 털보 아저씨 얘기론, 어떤 승강장에선 케이지 열여덟 대가 팬터그래프 pantograph로 길게 연결된 수직 열차 타디스를 구경할 수 있다. 1931년 보험회사 빌딩에 처음 설치된 두 대짜리 더블데크double-deck 엘리베이터가 진화를 거듭한 버전이라 들었다. 각 지구마다 멈춰 서므로 한두 지구를 가로지를 때 유독 쓸모 있다. 요금도 꽤 저렴하다.

거꾸로 솟구치는 빗줄기처럼 휙휙 스쳐 지나가는 인공 대류권troposphere과 건물이 오밀조밀 들어찬 땅덩이를 넋 놓고 바라봤다. 한 시간 조금 넘게 걸려 17지구 C4 승강장에 내렸다. 답사와 어울리는 햇빛 쨍쨍한 날씨였다. 학교 앞 정류장까지 가는 버스에 올랐는데, 선글라스 쓴 중년 기사 운전 실력이 엉망이었다. 승객들이 휘청대든 말든 갑자기 출발해 부앙, 전속력으로 달리다 급히 브레이크를 밟았다. 자율주행 버스 시장에서 용케 살아남았으니 실은 버스와 한 몸인 로봇이거나 반반한 얼굴로 회사 사장과 뒹군 것 같았다. 어쨌든 버스는 그가 지배하는 작은 왕국이라 궁녀는 머리를 조아릴 뿐이었다.

3시쯤 중학생 때 뻔질나게 드나든 서점과 문구점을 잠깐 기웃거리다 학교 정문으로 이어지는 가파른 계단을 헐레벌떡 올랐다. 다행히 경비원 초소에는 아무도 없었다. 아치 지붕 덮인 수돗가에서 괜히 손을 씻었다. 물이 미지근했다. 잔디 깔린 운동장 주위로 그새 초록 펜스가 세워졌다. 공이 운동장 벗어나는 걸 막는 듯했다. 체육관 유리문은 쇠사슬과 자전거 자물쇠로 굳게 잠겼다. 중문은 활짝 열려 있어 어두 컴컴한 강당 단상 위에 걸린 백두산 천지 사진이 보였다. 그 날 선생은 담임 맡은 2학년 5반 학생들을 마룻바닥에 앉혀놨 다. 배드민턴 스텝과 스윙 가르치다 대뜸 날 단상으로 부르 더니 자기 옆에 걸터앉으라 했다. 그의 부르튼 입술에서 멀 어지려 애썼으나 고개 힘이 탁 풀려버렸다. 난 어쩔 줄 몰라 웃었다. 선생은 난색과 진짜 웃음을 굳이 구분하지 않았다.

문틈을 벌려 청어 모양 검정 드론캠 세 마리를 날려 보냈 다. 꼼꼼하게 담아줘. 샌딩을 제때 하지 않아 라인 자국이 지 저분한 마루와 걸레처럼 너덜거리는 빨간 배드민턴 네트, 먼 지가 자욱한 창문, 꾀죄죄한 자두색 벨벳 커튼 등 체육관 이 미지를 카메라가 구석구석 수집하는 동안, 아시아의 새 기수 로 자라자는 교가 내용이 머릿속에 쟁쟁 울려 퍼졌다. 중학 생 밍키는 아침 조례 때 한 치의 어긋남도 없이 줄 맞춰 서 또박또박 교가를 부르며 선생들이 자길 흐뭇하게 눈여겨보 는 망상을 펼쳤다. 듬직한 어른에게 기꺼이 조련당하는 강아 지가 되고만 싶었다. 지금은 선생 물어뜯으려 안달하는 개새 끼지만.

체육관 입구 왼쪽에는 비품 창고와 여자 화장실, 오른쪽 에는 설비실과 남자 화장실, 체육 선생이 머무는 5평 남짓한 방이 있었다. 멀쩡한 교무실로 모자라 왜 그에게 학생 강간 해도 안 들키기 딱 좋은 개인 공간이 주어졌는지 모르겠다. 문이 닫혀 있어 방 안을 촬영할 수 없었다. 기억은 제법 또렷

했다. 난 선생의 총애를 받아 점심시간이 끝나기 전까지 그의 방에서 컴퓨터게임을 즐기곤 했다. 잭스와 2인용 싸구려 가죽 소파에 앉아 선생이 내미는 차가운 사과 조각을 넙죽넙죽 받아먹은 적도 있다. 선생은 꼭 2백 리터짜리 작은 냉장고 위에 접시를 올려놓고 사과를 사각사각 깎았다. 사과 껍질은 단 한 번도 끊어지는 법이 없었다. 고등학교를 졸업한 뒤에야 과도를 빼앗아 선생 왼쪽 목에 도드라진 핏대를 찌르는 상상에 종종 빠져들었다. 바닥재는 뭐였는지, 벽지는 무슨 색이었는지, 전등은 어떻게 생겼는지 방의 세부 인테리어는 떠올리기 어려웠다. 적어도 체육관 건물 밖 들창으로 보이는 촌스러운 꽃무늬 커튼은 확인했다. 사십대 초반의 선생이 방 안에서 커튼 걷어 튀어나올까 봐 조마조마했다. 그럴 리 없다는 걸 알면서도. 그는 이미 학교에서 쫓겨나 징역 살다 2년 전에 출소했다. 이젠 오십대 후반일 것이다.

### 2074년 2월 8일 목요일

지난 월요일, 개인용 맞춤 가상현실 제작 업체 '멀티버스'에 체육관 답사 기록을 보냈더니 오늘 아침 일찍 강당과 선생 방 구축을 완료했다 연락받았다. 얼마나 실감 나나 얼른 접속해보고 싶어 마지막 손님 쌀 때까지 집중력 유지하느라 혼났다. 그는 아들 둘 딸린 중학교 수학 선생이었다. 아들 바보, 아니 아들 등신이었다. 퇴근하자 부리나케 달려왔단다. 숱 많은 더벅머리, 갈색 뿔테 안경, 검은콩 닮은 선한 눈매,

빽빽한 수염 자국, 깜찍한 덧니가 특징인 사십대 중반 아저 씨. 수학 선생은 안방에서 18케이 결혼반지 잠시 벗어놓고 내 머리끄덩이 움켜잡아 씨발년아 임신시켜줄까, 윽박지르 며 콘돔 없이 발발 박아대다 집에 갈 땐 공손하게 안녕히 계 세요 인사했다. 난 애 아빠 정액 받거나 먹길 유달리 좋아한 다. 자상한 젊은 애비 고추가 내뿜은 정액으로 예쁜 아이 빚 었단 사실에 허벅지가 그만 부르르 떨리는 것이다.

정액 묻은 시트를 세탁기에 던져 넣었다. 작업실 서랍에서 가상현실 접속 기기를 꺼내 책상 의자에 앉았다. 아키비스트 의 이해를 돕고자 설명을 덧붙이자면, 이 기기는 줄자를 말 아두는 흰색 케이스처럼 생겼다. 모서리가 둥근 직육면체 모 양. 사이즈는 가로 30센티, 세로 10센티, 높이 30센티로 표 준 규격이며 무게는 5킬로 정도다. 아타셰케이스와 비슷하게 손잡이가 있어 들고 다니기 쉽다. ABS 수지 재질이라 튼튼 하다. 고장 날 기미도 없지만 사양이 업그레이드된(디자인이 날렵하니 더 예쁜) 신형 기기를 구매할까 고민 중이다. 털보 아저씨를 조르면 마지못해 사줄지도. 크롬 샤워기 호스 같은 코드를 죽 잡아 빼 뒤통수에 뚫어놓은 접속 단자에 플러그를 삽입했다. (마천루 56 시민은 성인이라면 누구나 머리에 제2의 항문이 있다. 가상현실 이용에 한해선 다들 바텀이란 얘기다. '마천루'는 땅덩이가 부족해 고층 건물처럼 수직으로 쌓아 올린 나라로서 상세한 개념은 다음에 적겠다.)

타르에 빠진 듯 윤기 흐르는 검은 로비에 서자 눈앞에 새하얀 거대 포도송이가 나타났다. 탐스러운 포도 알은 특정 가상공간으로 통하는 입구다. 아직 포도 세 알만 활성화된 상태다. 포도 1은 교무실, 포도 2는 체육관 내부, 포도 3은 체육관에 딸린 방의 명칭. 각 장소엔 체육 선생이 한 명씩 들어 있다. 중학교 졸업 앨범에서 찾은 선생 사진과 기억 속 선생 모습을 업체에 제공해 만들었다. 실제 선생과 행동 패턴이 정확히 일치하진 않겠지만 외모와 목소리는 소름 끼치도록 원본을 빼닮았다. 두꺼비같이 넙데데한 얼굴형, 2 대 8 가르마, 철가루 대충 뿌린 듯한 눈썹, 능글맞은 작은 눈, 무테안경, 가로로 긴 코, 얇은 입술, 두툼한 목, 떡 벌어진 어깨, 젖꼭지 사이에 난 가슴털, 희고 단단한 배, 투박한 손에 박인 굳은살, 굵은 허벅지, 짤막한 종아리, 흰 양말 신은 큰 발. 그의 목소리는 '우렁찬데 기름지다'는 표현 말곤 딱히 묘사할 방법이 없다. 선생이 교무실에서 어린 밍키를 처음 건드린 날 밤, 그의 배에 올라가 찔찔 사정하는 꿈을 꿨다. 깨어나니 팬티가 젖어 있었다. 선생에게 정말 가슴털이 있는지 알 방법은 없으나 꿈에서 쓰다듬어본 털 감촉이 너무 선명해 시뮬레이션 공간에 사는 선생의 폴로셔츠 단추 풀어 삐져나온 털을 봐야 직성이 풀릴 것 같았다.

탱글탱글한 포도 3을 콕 찌르자 알이 점점 커져 시야를 가득 채우더니 안개가 걷히듯 엷어졌다. 난 어느덧 키 160센티에 몸무게 49킬로인 까까머리 중학생이 되어 고동색 소파에 앉아 있었다. 여름이라 체육복 반팔, 반바지 차림이었다. 옆에 앉은 잭스는 유도 선수처럼 덩치가 컸고 다리털이 벌써 수북했다. 신나게 축구했는지 구수한 땀냄새가 났다. 우린 그땐 같은 반이었어도 전혀 어울리지 않아 얼굴만 아는 서먹한 사이였다. 같은 고등학교에 진학해서야 친밀해졌다. 난 왼쪽 어깨에 둘러맨 줄넘기를 만지작대며 선생이 사과 다 깎길 잠자코 기다렸다. 짙은 마루 무늬 장판이 깔린 바닥은 무의식에 파묻힌 기억을 헤집어 건진 것이다. 벽에 붙은 선풍기 돌아가는 소리는 계절과 어울리게 임의로 채워 넣었다. 포도 1과 마찬가지로 드론캠 영상, 뒤통수 단자에 플러그 꽂아 얻어낸 기억 이미지 및 인테리어 요청 사항을 업체 프로그래머와 디자이너가 매끄럽게 조합해줬다. 그들은 나도 영 갈피를 잡지 못하는 이번 작업의 지향점을 꿰뚫어 보는 것 같다. 난 내 멋대로 통제할 수 있는 가상현실로 성폭력당한 기억을 덮어버릴 작정인가? 끊임없이 분열하는 피해자의 심정을 곧이곧대로 표현하고 싶나? 내가 무서워하는 대상을 대뜸 사랑해버릴 속셈일까? 선생을 철저히 작업 재료로 써먹어 세련되게 복수할 계획인가? 그게 앙갚음 맞나?

키를 178센티로 설정한 선생이 성큼성큼 다가와 내게 먼저 사과를 내밀었다.

"자, 선생님 말씀 잘 들으니까 준다."

냉장고에서 갓 꺼낸 사과라 손끝이 새빨갛게 아렸다. 사과를 한입 베어 물었는데 문득 그때 먹은 게 사과가 아니라는 생각이 들었다. 그럼 뭐지? 복숭아? 배? 잭스는 사과 조각을 한 번에 우적우적 씹어 삼켰다. 이 방에선 별일 없었다. 셋이서 사과 두 알 조용히 나눠 먹어 갈증을 해소했을 뿐이다. (잭스와 난 멀찍이 떨어진 채 운동장 지나 교실로 돌아갔다.) 이 에피소드를 선생과의 좋은 추억이라 여겨도 될까? 배구 시험 앞둬 선생이 토스한 공 즐겁게 리시브한 장면도 떠오른다. 선생의 따뜻한 칭찬과 격려 덕에 선생과 공 주고받는 순서가 빨리 돌아오길 바랐다. 선생이 차라리 잭스를 내보낸 뒤 날 소파에 눕혀 강간했다면 그를 영락없는 씨발 새끼로 매몰차게 판단하기 수월했을지도 모른다. 난 줄곧 그가 고체인지 액체인지 헷갈린다. 애매한 인간성이 언짢다.

'시뮬레이션 초기화 및 녹화 시작'이라 속으로 중얼댔다. 선생이 냉장고 열어 사과 고르는 장면으로 되돌아갔다. 허공에 '녹화 중'을 의미하는 빨간 동그라미가 생겼다.


세션 1: 선생이 건네는 사과를 예의 갖춰 두 손으로 받는 대신 먹여달라는 뜻으로 입을 벌렸다. 혀도 살짝 내밀어봤다. 선생은 당황한 기색이 역력했으나 날 죽일 듯 째려보는 잭스 눈치 슬쩍 보곤 기어이 내 입에 사과 물려줬다. 좀더 대담하게 굴어도 될 것 같았다.

세션 2: 사과 내미는 선생의 굵은 새끼손가락 무릎 꿇어 빨자 "야, 이 새끼야! 뭐 해 지금, 장난쳐?" 역시 격렬한 반응이 돌아왔다. "씨발, 미친 새끼." 잭스가 자리를 박차고 일어났다.

방문은 나만 열 수 있도록 코딩한 탓에 그는 문손잡이를 부질
없이 흔들어대기만 했다. "야, 나가. 둘 다 나가. 선생을 뭘로
보고." 선생이 붉어진 얼굴로 싱크대 쪽에 숨어 날파리 쫓듯
손을 휘휘 저었다. 입이 바짝바짝 마르긴 했는데 "빨아주니까
좋잖아, 개년아"라고 시원하게 한번 대들어봤다. 발길에 갈비
뼈 걷어차여 들창 있는 벽으로 떼구루루 굴렀다. 옆구리가 좃
나 쑤셨다. 가상공간에서 그에게 처맞을 때마다 기분이 묘했
다. 그는 원래 학생을 절대 때리는 법이 없었다. 학생을 오직
사랑으로, 부모 마음으로 대해야 한다는 것이 그의 오랜 신념
이었다. 작년엔 포도 1 교무실에서 방학 숙제 잘해왔다며 다
른 선생들이 눈 똥그랗게 떴는데도 키스하고 귀 깨무는 선생
뺨 후려갈겼다 된통 귀 맞아 나가떨어졌다. 한동안 이명이 들
렸다.

세션 3: "선생님, 제가 깎을게요. 앉아 계세요." 선생은 왠지
잭스가 껄끄러운지 소파에 앉진 않았다. 벽에 기대 기특한 중
학생의 서툰 솜씨를 지켜봤다. 과도를 그의 복부에 박아 넣으
려다 손만 베였다. 선생 자격 없는 멍청한 아재도 운동신경 하
나는 끝내줬다. 엄격한 집안에서 자라 바르고 착한 중학생이
었던 잭스에게 험한 꼴 당하기 전 세션을 끝냈다.

세션 4: 이번엔 싱크대 밑에서 꺼낸 식칼로 선생 뺨을 획 갈
랐다. "윽! 씨발!" 주저앉아 뺨 감싸 쥔 선생놈. 잭스가 만류해
그를 죽이진 못했다. 못내 아쉬웠다. 솔직히 막상 죽이려니 겁
났다. 살인이 쉬워질까 봐, 재밌어질까 봐. 눈앞에 10분 카운

트다운이 나타나 다른 세션으로 넘어갔다. (법적 규제로 가상 현실엔 하루에 두 시간 넘게 머물 수 없다. 유독 정신력이 강하다 한들 반나절만 지나도 현실과 가상 구분 못해 서서히 굶어 죽을 것이다.)

세션 5: 방문 활짝 열어 선생의 관심을 끌었다. 문 너머엔 블랙홀처럼 암흑밖에 없다. 그에게 돌진해 가상 인물 쓰레기통으로 떠밀었다. 선생이 폴리곤 수십, 수백만 개로 쪼개져 흩날렸다. 잭스가 엉엉 울었다. 미련한 새끼, 선생이 그렇게 좋아? 녹화 종료. 영상 저장.


접속 가능 시간을 1분 남겨놓고 로비로 돌아가 로그아웃했다. 플러그가 1센티쯤 저절로 빠져 작업실로 정신이 돌아왔다. 착각이란 걸 알지만 옆구리가 여전히 욱신거렸다. 포도 2는 내일 살펴볼 생각이다. 포도 3 품질은 아주 만족스럽다. 단자와 마개, 플러그를 소독한 후 바로 침대에 뛰어들어야겠다.

## 2074년 3월 23일 금요일

"예약 번호 말씀하세요."

핑크 드레스 차려입은 시중 로봇 미미가 인터폰 화면에 비친 중년 경찰에게 응답했다. 난 이어폰으로 거실 소리 엿들으며 침대에 새 시트 깔아 첫 손님 맞을 준비하고 있었다. 그는 파출소장 경위로 매번 예약 번호 57을 골랐다. 자기 나이지 싶었다. 관할구역에 사건 사고가 별로 없어 한가한지 굳이 자꾸 연차 써 성매매하러 왔다. 여태 자식 얘긴 꺼낸 적 없었다. 혼자 사는 것 같았다. 홀애비일까? 은둔 게이일까? 둘 다인가? 아파트 공동 현관 지나 6층으로 올라오는 경찰을 머릿속에 그렸다. 헐렁한 양복 차림일 것이다. 한 손엔 제복 개켜 담은 홍삼 브랜드 쇼핑백을 들었겠지. 경찰은 바윗돌 같은 머리통과 까무스름한 피부에 어울리는 묵묵한 성격이었다. 양 끝이 처진 짙은 눈썹, 희끗한 머리와 각진 턱, 부르튼 암적색 입술. 고등학교에서 지구과학 가르칠 인상이랄까.

"어서 오세요. 차 갖다드릴 테니 잠시 앉아 계세요."

경찰이 고분고분 3인용 가죽 소파에 엉덩짝 뽀드득 들이밀었다. 암막 커튼 쳐 노란 조명 밝혔다. 실크 가운 걸친 후 침대에 살포시 앉았다. 리모컨 눌러 안방 문 위쪽 전등에 파란불이 들어오게 했다. 재실 감지 센서로 작동하는 성당 고해소 전등과 다름없는 역할이었다. 신부에게 죄를 낱낱이 고백하려는 신자건, 창놈 단물 쪽 빨아먹으려는 중년남이건 전등의 지시를 따라야 목적을 이룬다. 발정 난 신부가 떼거리로 몰려와도 내 구역에선 파란불 빛날 때까지 얌전히 대기해야 하는 법이다. 감히 규칙을 어긴다? 밍키 똥꼬 맛볼 생각일랑 접어. 이어폰 빼니 절간처럼 고요가 찾아왔다. 안방 벽을 방음재로 마감한 덕분이다. 미미가 방에 경찰 들여보내자 문을 다시 닫아걸었다. 리모컨으로 바깥 전등 불빛을 빨갛게 바꿨다. 침실에 다른 손님 있어 문 열지 말라는 뜻이었다.

"열흘 만이죠? 씻고 왔어요?"

침대 옆 탁자에 놓아둔 타이머를 40분에 맞췄다. 경찰은 고개를 끄덕이곤 양복과 내복, 줄무늬 트렁크 팬티 벗어 견장에 무궁화 하나 달린 경찰복으로 갈아입었다. 중년남의 프로 정신 깃든 복장은 흥분을 배가하는 요소였다. 이 아저씬 오늘따라 들큼한 목욕탕 로션 냄새를 거세게 풍겼다. 드라이어로 말리는 고추 털, 러닝샤쓰에 비친 건포도와 배꼽이 연상되는 푸근한 냄새였다. 그의 고추는 갓 뽑은 가래떡처럼 흐물흐물해 내 항문에 경찰봉 즐겨 꽂았다. 난 항문이 터무니없이 튼튼하다. 강철 항문이다. 술 퍼마셔 밤새 설사한들 털끝만큼도 헐지 않는다. 돌덩이 같은 똥마저 가위로 자르듯 딱딱 끊어 눌 줄 알아 항문에 이빨 달렸나 싶어 손거울로 비춰 볼 지경. VAGINA DENTATA가 아닌 ANUS DENTATA. 언젠가 버르장머리 없는 중년남 고추를 썰어버릴 것이다. 경찰은 털 난 젖꼭지 빨리다 금세 한 꼬집 샀다. 오줌 지리는 줄 알았다. 시간이 10분이나 남아 그의 팔베개에 목덜미 걸쳤다.

"아저씨, 내가 저번에 말했나? 나 중학교 다닐 때 담임선생한테 강간당했어요. 방과 후에 나만 교실에 남으라잖아요. 복도 쪽 창문 옆 바닥에 억지로 누웠어요. 찍소리도 못 했어요. 몇 번 당했는지 기억 안 나요. 끝내 정신병 걸려서 자퇴했어요. 기왕 망가질 대로 망가진 몸, 그래서 이 일 시작했어요. 아저씨한테 처음 말하는 거예요."

경찰에게 성폭력 피해 경험 과장 섞어 처량하게 말했다. 즉, 만만한 중년남 상대로 자주 써먹는 거짓말이었다. 경찰은 천장에 시선 고정한 채 말없이 듣고만 있었다. 연민 얻어 돈 뜯어내는 수법이 안 통하나 실망하던 차, 요금을 후하게 보냈다. 원래 금액의 두 배인 30만 원을 벌었다. 땡잡았다. 손님 중 절반은 돈을 더 많이 주든지 포옹과 눈물로 때우든지 했다. 나머진 어쩌라는 식의 반응. 못 들은 척 갑자기 주섬주섬 팬티, 양말 주웠다. 가끔은 내가 보잘것없는 창놈 새끼란 판단이 퍼뜩 섰는지 새삼 폭력적으로 굴었다. 분위기가 험악해지면 미미를 호출했다. 미미는 경호를 겸하는 로봇이다. 창놈 때릴 손님은 미미에게 강철 팔로 얻어맞아 제압당할 각오하길 바란다.

예전에 개신교 신학자 라인홀트 니부어의 '평온을 비는 기도'를 가르쳐준 동네 성당 주임신부가 저녁 미사 마쳐 왔다 간 다음, 털보 아저씨가 막차를 탔다. 나 따먹으러 오는 중년남은 보통 40분, 50분 서비스만 예약할뿐더러 성욕 풀리는 찰나 모노가미와 체면치레가 한결같이 지배적인 정상 사회로 돌아가기 바쁜데, 연애 놀이 진득하니 좋아하는 털보는 곧장 집에 갈 생각일랑 하지 않는다. 첫째, 50분 타이머 삑삑 울리기 무섭게 손님용 화장실로 들어가 후다닥 샤워한다. 둘째, 소파에 앉아 안방 화장실에서 공들여 씻는 나를 세월아 네월아 기다린다. 셋째, 알콩달콩 애인 사이처럼 나와 대화할 기회를 얻는다. 복슬복슬 비버 닮은 아저씨. 폴로셔츠를 자주 입는다. 이따금 멋 내고픈 날 캐주얼 정장에 넥타이 매고 등장한다. 빵빵한 아랫배 둘러싼 가죽 벨트와 통통한 손목에 세련미 더해주는 메탈 시계는 필수 아이템. 안경은 반무테가 정답. 덥수룩이 기른 턱수염만 반쯤 하얗게 셌다. 똥짤막한 다리통과 밧줄 같은 핏줄 도드라진 굵은 고추의 조형미에 침이 질질 흐른다. 무엇보다 그가 UNCUT DADDY라는 점이 맘에 쏙 들지. 안 그래도 귀여워 죽겠는데 뿌리 깊은 악습 헤쳐 꿋꿋이 살아남은 포피? 게임 끝. 포경수술 안 한 중년남은 시류에 휩쓸리지 않는 진보적인 집안에서 자랐거나 무뚝뚝한 아버지에게 방치당한 경우가 적잖을 것이다. 털보 아버진 퉁명스럽다 못해 아내와 자식을 폭행했다. 하여튼 포피의 보호로 촉촉한 그의 빨간 귀두를 떠올리기만 해도 흐뭇하다.

다만, 그의 본체는 마천루 55에 있다. 그는 저녁 6시쯤 그곳 엘리베이터 수리 업무가 끝나는 대로 가상현실에 밥 먹듯 접속한다. 내가 사는 마천루 56은 마천루 55의 정교한 복제물이다. 털보 입장에서 난 인간이 아니라 자아를 획득해 꾸준히 성장할 줄 아는 인공지능 프로그램에 불과하다. 56엔 원주민인 프로그램과 55 시민의 아바타가 공존한다. 이방인이라는 표시로 아바타는 그림자가 땅바닥에 드리워지지 않는다. 56이 55에서 파생했다 해도 55를 진짜 현실로 보긴 어렵다. 54는 55의 원본, 53은 54의 원본, 52는 53의 원본이라 결국 마천루 1만 진정 유일한 현실로 여겨진다. 55는 56의 상대적 현실일 따름이다.

마천루가 처음 건설된 속사정을 알려주겠다. 간단히 말해 폭염과 폭우, 가뭄이 번갈아 발생하는 열악한 기후 및 해수면 상승으로 인한 인구 밀집 때문이다. 시민들은 평생 쾌적한 실내에 틀어박혀 의식주를 해결하면서 문화생활도 영위하고자 나라를 통째로 초고층 빌딩 안에 집어넣기로 합의했다. 층을 지역 단위로 삼은 셈이다. 마천루 1 바깥엔 인적이 거의 지워진 황무지, 강과 바다가 펼쳐져 있을 것이다. 마천루 2 이상은 가상현실답게 건물 밖이 존재하지 않는다. 두께를 가늠하기 어려운 벽을 수평 천공기로 뚫으려는 어리석은 이들도 있다. 그들이 벽 너머로 얼굴 내밀었단 소식은 못 들었다.

마천루 1 시민이 접속할 수 있는 가상현실 플랫폼은 수없이 많다. 그중 마천루 1을 본뜬 마천루 2에서 아바타를 내세워 타인과 교류하는 동시 접속자 수가 다른 플랫폼을 산뜻하게 압도한다. 그런데 마천루 2를 창조해 운영하던 개발자 몇이 타고난 몸을 버리고 마천루 2로 거주지를 옮겼다. 자진해 가상현실 속 프로그램이 된 것이다. 그들은 마천루 2에서 마천루 3을 뚝딱뚝딱 짓고 나서, 마트료시카 구조로 가상현실 속 가상현실 속 가상현실 속 가상현실 속 가상현실을 척척 만들어갔다. 새 마천루를 건설해 그곳으로 계속 넘어가는 프로젝트는 지금도 진행 중이다. 그들의 목적은 본인만 안다고들 한다. 큰 인형 안에 작은 인형이 몇 개나 더 들어갈진 그들조차 모를 것이다. 마천루 숫자가 커지는 방향이든 반대 방향이든 다른 마천루로 본거지를 바꾸는 행위를 '도약'이라 부른다. 마천루 1 또는 마지막 마천루를 최종 목적지로 삼아 급진적 도약을 추구하는 단체 RLARadical Leap Association가 설립된 지 20년도 넘었다. 일원들은 점조직으로 활동한다. 내가 중학교에 입학하기 직전, 아빠가 RLA에 가입해 홀연히 사라졌다. 딸랑 편지 한 장 남기고.

"개운하게 씻었어? 이리 와서 단감 먹어. 동생이 농사지은 거야."

아빠보다 더 아빠 같은 62세 털보가 머리에 수건 싸맨 날 불렀다. 거실 테이블에 책상다리로 앉아 단감 깎고 있었다. 감 껍질이 몽탕몽탕 끊어졌다. 그는 항상 푸근한 표정에 장난기가 그득했다. 공룡 피규어 수집하는 공룡 박물관 관장상이었다. 실제론 장식장에 공주 인형 모았다. 난 아삭아삭 달콤한 단감 맛에 한 번 놀라고 체육 선생이 깎아준 게 단감이었단 깨달음에 또 한 번 소스라치게 놀랐다. 다름 아닌 이 식감이었어. 어떻게 과일을 헷갈릴 수 있지? 멀티버스 직원에게 포도 3 선생 방 사과를 단감으로 수정해달라 요청할 생각에 잠겼다. 이러쿵저러쿵 감나무 접붙이기 설명하는 털보 말이 귀에 들어오지 않았다.

"밍키야, 우리 처음 만난 날 생각나?"

까랑까랑한 털보 목소리가 귓속을 후볐다.

"그럼요. 그루네발트에서 만났잖아요."

포크로 단감 찍다 퍼뜩 대답했다. 그루네발트는 물리 엔진에 오류가 생겨 동식물을 막론하고 지면地面 그림자가 싹 사라지는 구역을 뜻한다. 대개 외딴 숲, 해변, 호숫가, 폐건물, 버려진 집터 등에 이런 기현상이 종종 벌어진다. 마천루 55와 56 시민의 경계선이 흐려지는 장소다 보니, 만남 상대가 이방인이냐 아니냐를 떠나 크루징 즐기는 이들이 삼삼오오 모여든다. 갓 생성된 그루네발트 좌표가 크루저 커뮤니티에 발 빠르게 알려지는 시점부터 프로그래머가 오류를 바로잡기까지 2, 3일쯤 걸린다.

"넌 햇볕 쨍쨍한 날 호수 모래사장에 담요 깔아 엎드려 있었어. 삼각 수영복 입은 엉덩이가 어찌나 탐스러웠는지 몰라. 내가 젊을 때 모습으로 접근해 말 거니까 날 위아래로 쓱 훑어보더니 '미안하지만 중년 좋아해요' 그랬지."

털보는 단감 꼭지를 신중히 도려냈다. 난 소파 등받이에 기대 열심히 감 씹어 삼켰다. 씨 떼어낸 미끄러운 작은 구덩이를 혀끝으로 희롱했다.

"사실 이전에 다른 그루네발트 들렀다가 어린애 고추 빨아주는 널 수풀 사이로 한참 훔쳐봤어. 미안해. 첫눈에 반했거든. 나이 많은 게이 쳐다도 안 볼 게 뻔해서 바디 스캐닝으로 만든 현실적인 아바타 말고 네 눈길 단숨에 사로잡을 날씬한 영계 아바타로 접속했지. 못 믿겠지만 나도 한창땐 동네 남자들 죄다 무릎 꿇려 휘어잡는 꽃띠였다고. 정말이야. 그루네발트 수십 군데 이 잡듯 뒤진 끝에 기껏 너를 다시 만나 잘 좀 해보려는데, 웬걸 새파란 녀석이 늙은이를 좋아한다네?"

"진짜? 나 찾아다닌 줄 몰랐어요. 아저씨 뭐예요? 지독한 사랑꾼?"

혼자 되게 애절했네 생각했다. 털보가 하하 웃어젖혔다.

"취향 상관없이 그냥 돈 준다길래 냅다 빨아준 거예요."

"이젠 그러지 마."

"창놈한테 할 소린 아니지 않나?"

"밍키가 나 소박맞힌 날, 심지어 그루네발트 가는 길에 양아치 패거리 표적이 됐지 뭐야."

"저런, 맞았어요?"

감을 하도 많이 먹어 저녁 굶어도 될 것 같았다.

"맞진 않았는데 호되게 모욕당했지. 야, 그림자 없는 새끼. 여기 왜 와? 여기가 함부로 드나드는 관광지인 줄 알아? 당장 꺼져! 사기꾼 새끼, 너 본체 어딨어? 찾아가서 죽여줄까?"

마천루 55 출신 아바타는 여기서 영주권도 시민권도 없어 휴식, 구경, 만남, 성적 접촉 등을 이유로 잠시 머물다 사라지는 유령 취급을 심심찮게 받는다. 이방인 본체는 멀리 있으니 무슨 시련을 겪든 실질적인 피해를 입지 않으리란 환상에 그들을 업신여기는 경향이 있다. 자기도 마천루 57에선 별 볼일 없는 이방인임을 좆도 모르는 듯이.

"밍키야, 나랑 같이 살래?"

털보가 샤워 가운 슬쩍 들춰 내 허벅지 살살 쓸었다. 뜬금

171

없는 청혼인가? 동거 제안인가?

"왜요? 여기 오기 귀찮아요? 공짜로 섹스하려고?"

"그럴 리가. 밍키 나 좋아하잖아. 서로 떨어져 있지 않아도 돼. 내가 뒷바라지할 테니 영상 작업에 집중해. 몸 그만 팔고 온전히 예술가로 살란 말이야. 마천루 55로 와서 나랑 동반자 관계가 되면 타디스 무료로 탈 수 있어. 어때? 끌리지?"

솔직히 혹했다. 그의 탄탄한 물질적 지원에, 도약이 성추행 피해 경험을 다루는 데 끼칠 미지의 영향에. 하지만……

"도약을 어떻게 쉽게 결정해요."

30년 넘게 닦아온 기반이 무너지게 생겼는데.

"바로 대답하기 어려운 거 알아. 끝까지 결정하기 힘들면 먼저 일주일 정도 도약 체험해보는 게 어때? 네가 깃들 로봇 몸체쯤이야 금방 구하지."

체험용 도약은 실제 도약에 잇따르는 수고와 번거로움을 대폭 덜어준다. 내가 제2의 몸으로 삼을 마천루 55 시민의 싱싱한 시신 판매자를 수소문할 필요 없다. 쓰임 다한 뇌를 끄집어낸 시신 머리에 티탄 두개골과 전뇌電腦를 삽입할 필요도 없다. 전뇌에 내 정신이 입력돼 55 요양원에서 눈뜰 필요도 없다. 한 달가량 낯선 외양에 적응하며 의지와 행동을 동기화하는 재활 훈련에 매진할 필요도 없다. 과일 상자처럼 단순하게 생겨먹은 깡통 로봇 속에 들어가, 마천루 55 이곳 저곳을 뽈뽈 돌아다닐 뿐. 그럼 지긋지긋한 과거와 잠시나마 멀어질 수 있을까?

"진지하게 생각해봐. 난 돌아가야겠다. 주말에 또 올게. 보고 싶을 거야. 안녕."

털보에게 10분 카운트다운이 생긴 모양이었다. 미미가 그를 현관까지 배웅했다. 테이블 옆에 단감 한 자루가 놓여 있었다. 그의 사랑 표현이었다.

털보는 아바타를 안전하게 보관할 용도로 같은 건물 12층에 집을 얻었다. 방에 덩그러니 놓인 침대에 누워 천장에서 00:00:05 00:00:04 00:00:03 떨어지는 숫자를 바라보다 마천루 56를 빠져나갈 것이다. 그의 아바타는 곤히 잠든 인간같이 보일 것이다. 이 아파트엔 장기 미접속자의 껍데기가 몇 구나 방치돼 있을지 궁금했다. 내가 알기로 접속한 지 90일이 지난 아바타는 자동으로 말끔히 삭제된다. 털보가 50만 원을 입금했다. 거저 배불렀다. 감을 몽땅 냉장고에 정리해 넣었다. 당분간 과일 걱정은 없겠다.


밤 10시경, 마천루 57 공원 벤치에서 잭스와 오랜만에 캔맥주를 홀짝댔다. 잭스는 17지구에 산다.

"카페 일 끝났어?"

"응, 피곤해 죽겠다. 오늘따라 단체 손님이 자꾸 몰려왔거든."

180센티를 훌쩍 넘는 건장한 아바타마저 지쳐 보였다.

"나도 손님 많았는데."

"그 손님이랑 같냐?"

잭스가 미간을 찌푸렸다. 재수 없는 새끼.

"다를 게 뭐야. 암튼, 물어볼 게 있어. 체육 선생이 방에서 과일 깎아줬잖아. 무슨 과일이었는지 기억해?"

"음, 글쎄, 너무 옛날이라……"

그는 캔을 마저 싹 비웠다. 울대뼈 쪽 수염 자국이 꿀렁였다.

"대충 생각하지 말고 성의를 좀 보여봐. 중요한 문제야."

"진짜 모르겠어. 넌?"

"이제까지 사과인 줄 알았는데 단감인 걸 오늘 깨달았어."

"아, 사과 아니야?"

"야, 장난치지 마."

"네가 말하니까 생각난 거야."

"진심이야? 분명 감이었어."

"그게 뭐가 그렇게 중요해?"

"몰라서 물어?"

잭스 협조로 확신을 얻으려던 내 잘못이지.

"그만 좀 하면 안 돼? 언제까지 지난 일 들추면서 청승맞게 살래? 정신 차려, 제발."

잭스는 작업에 아득바득 매달리는 집념이 귀찮다는 투였다.

"너 미쳤구나."

대꾸할 말이 부족했다. 누구보다 내 사정을 잘 아는 친구에게 배신당했다.

"안 미쳤어. 선생님 내버려둬. 좋은 분이야. 힘들게 사시니까 그만 괴롭혀."

"괴롭혀? 내가 뭘 어쨌다고! 너 설마 선생이랑 연락해?"

"지난주에 밥 먹었어."

그가 벌떡 일어섰다.

"야, 너 어떻게 그래! 어디 가, 씨발!"

어디론가 성큼성큼 걸어가버리는 잭스 등짝에 찌그러진 캔을 던졌다. 가로등 불빛에 날벌레 떼가 눈발처럼 휘날렸다. 아빠 사랑 제대로 못 받아 고등학생 때 심보 비뚤어진 (전 모범생) 잭스. 술 마시고 담배 피우기, 애먼 학생(주로 모범생) 두드려 패기, 삥 뜯기, 빌린 체육복 안 돌려주기, 오토바이 훔쳐 타기 등등 비행이란 비행은 다 저지르면서도 귀염둥이 밍키 앞에선 쩔쩔맨 등신 잭스. 화장실에서 밍키에게 쪽쪽 고추 빨린 조루 잭스. 양아치 아니랄까 봐 공부에 미친 애들과 달리 외모 꾸미기에 관심 많아 교복도 맘대로 수선해, 머리에 왁스도 처발라, 향수도 뿌려, 고로 성적 매력 좔좔 발산한 농염 잭스. 집단 폭행 사건에 휘말려 퇴학당한 골칫덩이 잭스. 내리막길에서 아직 벗어나지 못한 가여운 잭스. 난 학창 시절 퀴퀴한 겨드랑이, 불알 냄새에 숨 참기 일쑤였으나 복도에서 잭스 마주칠 때만큼은 그의 향기로운 체취 맡으려 콧구멍 벌렁댔다. 그는 중년 아닌 남정네 중 내가 유일하게 짝사랑한 친구다. 친구였다 해야 할까? 난 이제 정녕 혼자인가? 전례 없이 찜찜한 로그아웃이었다.

## 2074년 4월 3일 화요일

멀티버스 로비에 접속해 포도송이를 왼쪽으로 밀어 치웠다. 고객 센터 인공지능 상담원이 뿅 생겨나 꾸벅 허리 숙여 인사했다.

"상쾌한 아침입니다. 무엇을 도와드릴까요?"

"포도 3 사과를 단감으로 바꿀게요. 프로그래머에게 수정 사항 전달해주세요."

"알겠습니다, 고객님. 다른 요청은 없으세요?"

포도 4~17에 해당하는 시나리오와 장면 레퍼런스를 제출했다(아래에 각 포도의 구상 메모 첨부). 포도 3까진 선생의 성추행과 애정에 얽힌 장소를 충실히 재현해놓아, 언제든 과거로 돌아가 기억을 강화하든 재해석하든 내 행동에 따라 수십 갈래로 쪼개지는 갖가지 상황을 변태같이 상상하든 그 경험을 나름대로 소화하는 게 목적이다. 포도 4부턴 나와 선생의 만남을 새로운 시공간과 맥락 속에 던지는 데 집중하려한다. 한층 사고실험에 가까울 것이다. 포도 18 이후론 시뮬레이션 대상을 여러 중년남 유형으로 확장해볼 생각이다. 최종 결과물이 어떨지 모르지만, 일단 전시 영상에 쓰일 만한 푸티지를 전부 긁어모을 계획. 다른 피해자들을 인터뷰하면 어떨지 고민 중이다. 8년 전, 선생 단체로 고소해 감옥에 처넣은 피해자 모임이 있다. 난 겁쟁이라 동참하지 않았다. 선생 가족 만나볼 방법은 없을까?

포도 4: 중학생 밍키가 찌찌 응애응애 빨아주고 싶어 환장하게 잘생긴 버전의 선생에게 상습적으로 강간당했다면? 그를 섣불리 따먹기 전에 고맙게도 먼저 따먹혀 흡족했을까?

포도 5: 교무실에서 선생이 밍키 귀 핥는 장면을 미시 세계의 관점으로 파악하기. 혀를 이루는 전자電子와 귀를 이루는 전자 간에 척력이 작용하므로 혀와 귀는 10억만 분의 몇 밀리미터가량 떨어져 있다. 엄밀히 말해 접촉은 허상이다. 선생이 전자의 반발력 때문에 밍키 귀를 건드릴 수 없으니 성추행은 성립하지 않는다 주장한다면? 그가 물리학을 입맛대로 주무르는 경우, 밍키의 불쾌와 분노는 설득력을 얻을 수 있나?

포도 6: 밍키는 하반신이 염소인 호색가 사티로스다. 선생 고추 강제로 빨다 바지와 신발 벗어 뒤늦게 정체를 드러낸다. 선생이 저지른 건 강간인가, 수간인가.

포도 7: 파리지옥으로 태어난 선생이 파리 닮은 밍키를 사냥한다. 반대로 끈끈이주걱 같은 밍키가 벌레 모양 선생 옴짝달싹 못 하게 붙들어버린다.

포도 8: 선생은 발정 난 개로서 밍키 귀를 핥는다. 밍키에게 올라타 고추 흔들어댄다.

포도 9: 밍키는 선생이 교실과 교무실에서 보살피는 화초다. 그가 제공하는 어떤 개 같은 돌봄도 순순히 받아들인다. 꽃봉오리를 빨아봤자, 흙에 정액 뿌려봤자 소용없다. 성추행 개념이 없으니까. 식물은 생존에 필수적인 기능을 특정 장기에 몰아준 동물처럼 진화하지 않았다. 어딜 뜯기든 허무하게 고꾸라지지 않는다. 회복력이 뛰어나다.

포도 10: 세상에 좋은 성추행과 나쁜 성추행이 있다 가정해보자. 선생의 성추행은 예술가 밍키에게 작업의 동력을 심어주었으니 결과적으로 좋은 성추행이다? 한 번쯤 성폭력당한 예술가가 멋있잖아. 안 그래?

포도 11: 선생은 밍키가 일찍이 불행을 겨루는 대회에 나가 우승을 거머쥘 수 있도록 부모랑만 뽀뽀해본 어린 입에 쿰쿰한 침을 묻혀준다. 대회 참가자들은 차례차례 연단에 올라 거짓말 탐지기에 손 얹은 채 고초와 풍파를 심사위원에게 어필한다. 방화로 온몸이 녹아내린 이, 린치를 당해 다리가 마비된 이, 가족이 교통사고로 모두 죽어 혼자 살아남은 이 등등. 불행이 싱겁거나 자극적인 묘사에 서툰 이들은 일찌감치 예선에서 떨어진 상황. 내세울 게 상습 성추행 피해밖에 없는 밍키는 당연히 수상은커녕 심사위원 한 명의 주목도 못 얻는다. 하다 못해 윤간이라도 당해야 승산이 있겠다.

포도 12: 선생과 밍키는 전생에 죽도록 사랑한 연인 사이였는데, 선생만 전생을 기억해 밍키 기억을 일깨워주고자 치근댄다.

포도 13: 진실은 밍키의 기억과 다르다. 밍키가 먼저 선생을 유혹했다. 단감 깎아줘 고맙다며 선생에게 안겨 젖꼭지 꼬집었다. 선생은 키스 안 해주면 성추행 교사로 고발할 거라는 밍키 협박에 못 이겨 밍키 입에 혀를 넣었다. 밍키는 요물이었다. 그를 성추행 교사로 고발했다.

포도 14: 선생이 성추행하는 족족 돈다발을 쥐어줬다면?

포도 15: 선생이 무릎 꿇어 진심 어린 사과를 바쳤다면?

포도 16: 선생이 성추행을 저지르지 않은 가상현실. 밍키는 어른이 돼서도 선생과 친밀한 관계를 유지한다. 선생은 존경심을 불러일으키는 중년 친구다. 아빠 빈자리를 채워준다. 아빠 빈자리가 꼭 채워져야 할까 의문이 들지만.

포도 17: 모 카페에서 16년 만에 선생 대면하기. 웃음기 거둬 호통치는 연습.

## 2074년 4월 15일 일요일

자정에 영계 좋아하는 중년 접속자가 몰리는 성인 플랫폼 라이브 방송을 켰다. princessminky의 구독자는 13만 명. 평균 실시간 시청자 수 2,500명 내외. 웹캠 연결한 랩톱을 침대 맞은편 화장대에 올려놓았다. 샤워하는 김에 고추 털 가지런히 밀어 가운 입은 채였다. 베개에 기대 반쯤 누웠다. 건성으로 저녁 때워선지 속이 허전했다. 무선 키보드로 끈적끈적한 음악을 틀었다. 평소엔 20초 동안 헬리콥터처럼 고추 돌리기 5토큰, 불알 보여주기 15토큰, 팬티 입은 채 엉덩이 흔들기 20토큰, 팬티 벗어 엉덩이 흔들기 30토큰, 똥구멍 벌리기 50토큰, 자위하기 150토큰, 사정하기 3백 토큰 등과 같이 세분된 팁 메뉴를 띄우지만, 오늘은 시청자의 시답잖은 팁에 일일이 반응하기 성가셨다. 가운 틈으로 고추 끄집어내 흔들면서, 5백 토큰 모이면 가운 홀딱 벗겠다, 천 토큰 모이면 정액 발사 쇼 선보이겠다는 약속을 내걸었다. 1토큰이 천 원이니 천 토큰은 백만 원이었다. 오늘따라 시청자가 적은 데다 인심이 유난히 박하다 싶더니 아니나 다를까 요주의 인물이 채팅으로 시비를 걸었다. 아이디는 sugardaddy2020이면서 지껄이는 꼬락서니는 일말의 단맛도 없이 고약하기 짝이 없었다.

"빨리 벗어, 개년아. 답답해 돌아가시겠어."

그는 다른 중년남들의 위협적인 만류에도 아랑곳하지 않았다.

"아, 어린년이 비싸게 구네. 어서 재롱떨어봐. 돈에 환장한 새끼."

그를 손쉽게 퇴장시킬 수 있었으나 어디까지 가나 두고 보자는 태도를 취했다.

"너 사는 곳 알아. 지금 찾아갈까? 내가 못 할 것 같지? 죽여버린다."

공포가 턱까지 차올라 방송을 꺼버렸다. 눈앞이 팽팽 돌았다. 등골이 얼어붙었다. 미미에게 경계 태세를 갖추라 명령하는 게 신상에 이로울 듯했다.

쾅! 쾅쾅!

현관문 두들기는 소리가 들렸다. 미미가 절전 모드에서 벌떡 깨어나 외시경을 들여다봤다.

"누구야?"

"모자 눌러쓴 아저씨예요. 술에 취한 것 같아요. 손님일까요?"

아파트 주민인 손님이 아니고서야 늦은 시간에 잽싸게 쳐들어올 수 없었다. 아무래도 올 초에 요금 안 깎아줘 깽판 친 중년 새끼가 범인인 것 같았다. 그가 꼴사나운 앙심 품어 채팅창에 똥 싸지른 아재 말고 강도 역할 맡은 꽃중년이면 두 다리 벌려 환영했을 텐데.

"미미야, 경찰에 신고해."

밍키에게 자주 좆 물리는 파출소장이 앳된 순경 데리고 납셨다. 권위에 약한 진상남 특성상 실랑이가 싱겁게 끝났다. 경찰 아저씬 비록 발기부전에 전립선도 안 좋지만 계급적 발기력과 오줌발은 훌륭했다. 우쭐한 표정 감출 줄 모르는 그를 돌려보내자마자 기절하듯 잠들었다(새벽에 일어나 덧붙인 문장).

### 2074년 4월 26일 목요일

아파트에 몸 파는 총각이 사는데 그게 바로 나라는 소문이 동네방네 퍼졌나 보다. 아리따운 청년에게 호감 적극 표하던 기 센 이웃 언니들이 언제부턴가 엘리베이터에서 대놓고 개걸레라 수군대며 내 뒤통수, 옆통수를 골고루 노려본다. 공주가 지나가면 쳐다보기 마련이지만 신경 쓰이는 게 사실. 오늘 성추행 피해자 만나러 내려가는 길에도 그랬다. 이젠 계단으로 숨어 다녀야 할까. 내가 철없는 자기 남편 홀려 잡아먹을까 봐, 자식 때문이든 아니든 피땀 흘려 쌓아 올린 결혼 생활 어이없이 파탄 날까 봐 겁나겠지. 두려워할 필요 없어요. 어차피 이 아파트에 사는 중년남은 밍키와 한 번 이상 잤거나 조만간 잘 예정이니까. 증거 수집 도와줄 테니 개차반과 당장 갈라서요. 위자료 두둑이 챙기세요.

난 때때로, 창놈과 붙어먹는 남편 향한 울분을 홧김에 창놈 욕보여 풀려는 여성 손님 깍듯이 모시곤 한다. 그들은 스트랩온 딜도Strap-on dildo로 박아대는 박력이 웬만한 중년남 저리 가라다. 창놈이 치열, 치핵에 걸리든 말든 알 바 아니란 당찬 기세. 네가 감히 내 남편을 건드려? 얼마나 쫄깃하길래, 응? 분풀이의 힘일까. 나라고 못 할 줄 알아? 유구히 억눌린 욕망의 표출일까. 나야 돈만 넉넉히 받음 장땡이다. 노리개 구실은 좆나 내 특기입니다. 오죽하면 장래 희망이 시종일관 시오후키 잘하는 바텀 알바였을까요. 어쩜 난 새파란 몸 함부로 굴려 삶을 지탱하는지도요. 자해도 잘만 하면 이득입니다.


바깥 날씨가 포근하다 못해 푹푹 쪘다. 여름 오기 전에 찐만두 될 성싶었다. 시멘트 보도블록에 반사된 햇빛이 눈을 마구 쪼았다. 금속 외피 두른 도약 체험용 로봇 몇몇이 거리를 쌩쌩 돌아다녔다. 표면이 프라이팬처럼 달궈질 듯했다. 땀 안 스며들게 티셔츠 털며 타디스 승강로 스크린에 행선지 42지구를 입력했다. C3 엘리베이터에 탑승하세요. 더운 날씨에 다른 승강장까지 걸어가는 수고를 가뿐히 덜었다. 잠시 후 타디스 상행선, 상행선이 도착합니다. 안전하게 탑승하시기 바랍니다. 타디스가 37지구 천장을 지나 38지구 지면으로 불쑥 올라왔다. 평일 낮인데도 승객들로 붐볐다. 한 시간쯤 걸리는 거리였다. 인터뷰하기로 약속한 중학교 동창 둘과 어떻게 대화할지 머릿속 시뮬레이션을 팽팽 돌렸다. 경험상 숱한 시뮬레이션조차 현실의 변수를 감당하지 못한다. 만남은 언제나 예상치 못한 방향으로 흘러간다. 4년째 쓰레기 집에 사는 41회 졸업생 우로보로스(45세)에게서 내 미래를 생생히 엿볼까 봐, 선생 법적으로 엿 먹이기에 앞장선 62회 졸업생 앙칼(24세)이 내게 왜 멍청하게 숨죽여 가만히 있었냐 질책과 원망 쏟아낼까 봐 불현듯 무서워졌다. 당황한 표정 숨길 수 있는 가상현실 공간에 그들을 초대할 걸 그랬나? 비겁한 회한에 젖었다. 어쨌든 아바타로 가공하지 않은 그들의 모습을 직접 눈에 담고 싶었다.

우로보로스가 사는 주택가 카페에서 그를 기다렸다.

"늦어서 미안해요…… 침대에서 뭉그적대느라."

그는 허겁지겁 의자에 앉아 팔로산토 향을 풍겼다. 불에 그을린 꿀냄새 같았다. 집에 쌓아둔 쓰레기 냄새를 덮으려 팔로산토 스틱을 엄청 태운다 했다. 인터뷰에 앞서 그가 차 호호 불어 마셔 긴장을 가라앉히길 바랐다. 드론캠 한 마리를 켰다. 자기소개 부탁하니 우로보로스가 뜸 들이다 천천히 입을 열었다.


OUROBOROS: 저는 우로보로스고요, 우로보로스인 이유는 손목에 우로보로스 문신이 있어서. 손목을 자주 그어요. 자해 흉터 가릴 겸, 제가 처한 현실을 자조할 겸 새겼어요. 우로보로스는 자기 꼬리를 먹는 뱀이잖아요. 피해를 입은 지가 언젠데…… 여태 스스로 심신을 갉아먹는 제 모습 같아요.

MINKY: 자해하는 이유가 뭐예요?

O: 몸이 아픈 게 나으니까. 육체적인 고통은 차라리 재밌어요.

M: 중학교 3년 내내 체육 선생이 담임이었죠?

O: 맞아요. 지지리도 박복했네요. 중학교 갈 즈음 할아버지 돌아가신 뒤로 쭉 할머니와 단둘이 살았어요. 선생이 얼마큼 주도면밀했는지 모르겠지만, 전 선생의 타깃이 될 만했죠. 호락호락하지 않은 보호자가 없는 외로운 아이. 애써 에둘러 묻지도 않더라고요. 방과 후 교실에서 너 아빠 없지? 선생님이 아빠 해줄게. 학생 살뜰히 챙기는 사려 깊은 어른이 필요했을 뿐인데…… 대답 안 했어요. 그런데 선생은 지 혼자 아들 고추 많이 컸나 수시로 만져보는 아빠놀이에 몰두했어요. 틈만 나면 겨드랑이 털, 고추 털 보여달라 졸랐어요. 집요함이 남달랐죠. 선생은 당시에 아마 애 생긴 지 얼마 안 된 이십대 후반 청년이었을 거예요. 선생 28회 졸업생인 거 알아요?

M: 네, 학교 선배잖아요. 자기가 학생일 땐 체벌이 심해서 선생들이 얼굴 빼고 다 때렸다 그랬어요. 팔다리에 생긴 멍이 사라질 틈이 없었다고. 사랑이 꽃피는 교실을 만드는 게

꿈이었대요.

O: 사랑은 모르겠고 교실에 화초가 틀림없이 많긴 했어요. 생각해보니 식물 가꾸기에 집착하지 않았나 싶네요. 학교든 사무실이든 누가 시키지도 않는데 화분에 물도 주고 시든 잎도 정리해주는 인간 꼭 한 명씩 있지 않나요? 선생은 좀 지나치긴 했지만.

M: 보통 지나친 게 아니었죠. 잘 키워보려고 욕심 부리다 계속 죽였잖아요.

O: 기억나요. 주말마다 교외 화원에 갔다 오는지 자꾸 새 식물을 들였어요.


잠시 침묵이 흘렀다. 우로보로스는 빈 찻잔을 주무르다 날자기 집에 들일 용기를 그러모으듯 눈을 질끈 감았다 떴다. 후배에게 집을 보여주기 부끄럽지만 변화의 계기로 삼고 싶다 했었다. 빌라 3층까지 걸어 올라갔다. 그는 현관문 열어 보이기 전 복도를 두리번거렸다. 혹여나 이웃이 집 상태를 눈치챌까 초조한 듯했다. 쓰레기가 성벽처럼 쌓여 입구를 반쯤 막고 있었다. 팔로산토 향과 뒤엉킨 쓰레기 냄새에 구역질이 올라왔다. 바퀴벌레가 신발장 위쪽 벽과 천장을 기어다녔다. 신발로 쓰레기를 짓이겨 간신히 집 안에 들어섰다. 매트리스 깔린 공간을 빼곤 발 디딜 틈이 없었다. 드론캠 두 마리가 천장 가까이 넘실대는 쓰레기 파도 위를 정신없이 날았다. 직장 그만두기 전까지 중년 번개남 집을 걸핏하면 방문

했으니 더러운 꼴도 많이 봤지만 이런 수준의 더러움은 처음이라 몸이 뻣뻣해졌다. 우로보로스는 1년 전만 해도 배달 용기는 배달 용기끼리, 술병은 술병끼리, 종이는 종이끼리, 일반 쓰레기는 일반 쓰레기끼리 모아두기라도 했는데 어느새 종류별로 구역을 나누는 게 부질없어졌다 털어놓았다. 팔로산토 연기가 춤추듯 피어올랐다. 쓰레기에 불이 붙진 않을지 걱정됐다. 그와 매트리스에 쪼그려 앉아 대화를 이어갔다.

O: 청소할 마음이 없진 않아요. 청소하고 싶어도 그럴 기력이 없을 뿐이에요. 열심히 치워봤자 소용없을 거예요.

M: 왜 소용없어요?

O: 죽어버리면 그만이니까.

M: 직장 생활은 어떠세요?

O: 꾸역꾸역 다니죠. 말씀드렸나요? 사무실 비품 관리 담당이에요. 집은 이 모양인데 남의 창고 정리는 기막히게 잘해요. 인간 구실 하느라 진을 다 빼서 집에 돌아오면 여기 꼼짝없이 누워 있어요. 얼룩 한 점 없이 깨끗한 가상현실로 도피하거나 그냥 막 자버려요. 배달 음식 먹을 때만 잠깐 일어나 앉아요.

M: 친구나 가족 중에선……

O: 아무도 몰라요. 연락도 안 하는데요.

M: 어, 창문 잠금장치가 떨어졌네요.

O: 떨어진 지 오래됐어요. 어디 갔는지 몰라요.

M: 다시 달 생각 없어요?

O: 글쎄요. 안 잠가도 별문제 없어요. 그냥저냥 살아요.


오늘 특수 청소 업체를 불러주기로 약속했었다. 효과가 있을지 모르겠지만 그를 조금이라도 돕고 싶었다. 그는 보는 눈 때문에 야간 청소를 원했다. 집이 비워지는 과정을 촬영해도 될지 물었더니 흔쾌히 고개를 끄덕였다. 45지구에서 앙칼 인터뷰 마친 뒤 그의 집에 다시 찾아가 카메라를 들었다. 장화 신은 업체 직원들이 딱딱하게 굳은 쓰레기 퇴적층을 걷어내자 드디어 집 구조가 선명히 드러났다. 옛 연인과 찍은 사진, 생일 선물로 받은 신발과 편지, 졸업 앨범을 연달아 발견했다. 그들은 쓰레기를 검은 봉투에 담아 마대로 한 겹 더 감쌌다. 장장 다섯 시간 만에 쓰레기 1.5톤을 트럭에 전부 실었다. 우로보로스는 점점 멀어지는 트럭 꽁무니를 바라보다 내게 물었다.

"밍키 님은…… 괜찮으세요?"

난 끝내 대답 없이 웃기만 했다. 그럼요, 괜찮아요, 답해야 한단 생각만 머릿속에 가득했다.


앙칼이 상근 활동가로 일하는 청소년 지원 센터 회의실 문을 열었다. 그는 40분이나 늦어 진땀 뻘뻘 흘리는 날 반갑게 맞아줬다. 1년 내내 선생에게 놀아나고도 아무런 대응을 하지 않아 어린 피해자 양산했단 죄책감이 더욱 심해졌다. 시

중 로봇이 건넨 물을 두 잔째 들이켜며 그에게 잘 지내세요? 물었는데 잘 못 지낸다 속 시원히 말해 오히려 멀쩡해 보였다. 드론캠을 퍼뜩 띄웠다.

ANGKAL: 정신머리가 괜찮을 리 없죠. 그 새끼 때문에 십 대 중후반을 보기 좋게 조져버렸으니, 하하.

MINKY: 저 같은 선배 원망한 적 없어요? 전 그랬거든요.

A: 글쎄요. 제가 성격이 좀 단순해서요. 나 방금 공격당했네? 그럼 맞받아쳐야지, 어떻게든. 이상하게 들릴지 모르겠지만 다른 피해자를 딱히 염두에 두지 않았어요. 그땐 그럴 겨를이 없었다 해야 하나. 물론 피해자 모아서 선생 고소했으니 같은 적을 뒀구나 여기긴 했죠.

M: 선생한테 키스당한 학생 줄 세우면 난 몇 번째일까? 내 뒤론 몇 명이나 더 있을까? 그런 인지가 없었어요? 내가 나서야 후배들이 피해 입지 않을 거라는 생각은요?

A: 에이, 전 철없는 열여섯이었어요. 대의를 의식해서 선생 앞길 막은 거 아니에요. 대단하단 얘길 자주 들었는데 오해예요. 선생이 다른 학생 또 건드리고 말고는 제 관심사가 아니었어요. 오로지 저를 위해서 싸운 거예요. 그러니까 선생 감옥 보낼 때까지 1년을 끈질기게 버텼죠. 선생이 콩밥 먹게 돼 만족스럽긴 했는데, 법적 처분으로 해결되지 않는 응어리가 있었던 것 같아요. 고등학교 1학년 내내 방황하다 자퇴했어요.

M: 법원에서 징역 5년 선고했죠? 성폭력 치료 프로그램 160시간 이수를 명령했고.

A: 네, 아동·청소년 관련 기관에 각 5년간 취업할 수 없게 했고요.

M: 아까 응어리가 있었다 하셨는데 어떤 응어리인지 자세히 설명해주세요.

A: 음, 아직 내가 원하는 사과를 못 받았다? 받을 기미가 보이지 않는다? 제가 어떤 사과를 바라는지는 모르겠어요. 그냥 사과를 받고만 싶네요. 한두 번 가지곤 안 되겠고. 이만하면 됐다 판단이 설 때까지? 평생? 영원히? 선생 출소한 지도 벌써 2년 됐잖아요. 걔가 5년으로 반성할 수 있는 인간이라 생각하세요? 아직도 뭘 잘못했는지 모를걸요? 부지런히 재판에 참석할 게 아니라 선생 목을 따버릴 걸 그랬나 봐요. 너무 올바른 길을 택했어.

앙칼은 "아, 미안해요, 흥분했네요" 민망한 표정을 짓곤 화장실에 다녀왔다.

A: 똥 싸면서 곰곰이 생각해봤는데 상옥 씨 만나는 거 어때요? 선생 전 아내요. 남편이 미성년자 성추행범이라니 헛소문이라며 부정할 법도 한데, 피해자 모임 모함하긴커녕 물심양면으로 지원해줬어요. 범상치 않은 인물이죠. 인터뷰할 가치가 있을 거예요. 연락처 알려줄 테니 전화해봐요. 혹시 알아요? 선뜻 인터뷰에 응할지.

M: 선생은 남편으로서도 실격이었을까요?

A: 아마 아빠로서도 엉망진창이었겠죠. 아들은 몰라도 딸은 아빠의 존잴 빈틈없이 지웠다 들었거든요. 아무 이유 없이 그랬겠어요?

M: 여러모로 도와주셔서 고맙습니다.

A: 아니에요, 별말씀을. 좋은 결과물이 나오길 기대할게요.

M: 작업 진행되는 대로 또 연락드릴게요.

A: 아 참, 밍키 씨…… 함부로 미안해하지 마세요. 미안한 마음을 아껴요. 안녕.

사무실 유리문 틈으로 설렁설렁 안녕을 고하는 그의 따뜻한 앙칼짐이 오래오래 생각날 것 같았다.

### 2074년 5월 2일 수요일

아침 일찍 상옥에게 전화를 걸었다. 걸걸한(걸쭉하다 해야 할까) 목소리에 경계심이 잔뜩 묻어났으나 앙칼을 언급하니 말투가 사뭇 쾌활해졌다. 내가 연락할 거라 앙칼이 미리 알려주지 않은 모양이었다. 앙칼다웠다. 남에게 기대지 말고 알아서 하라는 거지. 인터뷰 얘길 꺼내자 상옥은 고민할 시간을 달라며 전화를 끊었다. 내 바람이자 착각일지 몰라도 그는 이미 내 제안에 홀라당 넘어와 벌써 인터뷰 때 무슨 얘길 꺼낼지 고민 중이다. 다만 인터뷰에 끌리는 마땅한 이유를 찾아야 할 것이다. 줏대 없어 쉽게 설득되는 성격으로 읽히길 꺼리는 마음도 한몫했을지 모른다. 상옥의 응답을 느긋이 기다려보기로 했다.

## 2074년 5월 8일 화요일(어버이날)

엄마 희와 늦은 점심 먹으러 17지구 D1 승강장에 도착했다. 희는 작년보다 흰머리와 주름이 부쩍 늘어난 모습으로 식당에서 날 반겼다. 아빠가 제멋대로 떠나버리기 전까지 난 희와 정답게 지냈다. 방랑자 기질을 기어이 이기지 못한 아빠 탓에 우린 슬픔과 당혹에 잠겨 서먹해졌다. 속으로 아빨 숨 막히게 한 엄마 잘못이야, 아들이 남편에게 뒤틀린 흑심을 품어서야, 매몰차게 서로 원망해 앙금이 남았을 것이다. 아빠 편지에 따르면, 아빤 마지막 마천루를 향해 정해진 집 없이 꼭 필요한 물건만 배낭 하나에 챙겨 떠돌아다니다 그때그때 맘에 드는 숙소를 집으로 여길 것이다. 심지어 몸을 체크인, 체크아웃 대상으로 여겨 한 가지 몸에 얽매이지 않으니 궁극의 미니멀리즘과 자유를 실험하는지도 모른다. 다른 몸을 입어 몰아닥치는 변화의 소용돌이가 곧 황홀한 여행일까? 지금쯤 아빠는 더 이상 아빠가 아닐 수도 있다. 아빠가 아빠임을 말해주는 어떤 것도 온전히 남아 있지 않을 테니. 한때 기타리스트로 활약한 그의 연주법을 낯선 손은 기억하지 못할 가능성이 높다.

털보가 도약 체험을 거론해선지 도약의 실상이 궁금했다. 작년 말이었나 올 초였나, 잭스에게 듣기론 도약은 육체와 환경을 한꺼번에 바꾸므로 이전 마천루와 정서적으로 멀어지게 된단다. 오랫동안 발붙여온 세계가 티끌로 축소되는 느낌이려나. 평생 머리 싸매 골몰해온 문제마저 곧장 덧없어질 것 같다. 희는 언제나 새로움을 갈구하는 철없는 애인 붙들어 한곳에 정착하고자 청혼했지만 아빠에겐 결혼 제도쯤이야 아무것도 아니었다. 아빠가 가족 버린 건 희와 내 잘못이 아니다. 아빠 자기 신념이 너무 중요해 아내도 아들도 눈에 들어오지 않았을 뿐이다.

아니, 어쩜 희 짐작대로 아빨 머나먼 마천루로 떠민 원흉은 밍키인가? 아빠 밍키가 자연스레 처음 만난 중년남이다. 밍키는 초등학교 입학 전부터 구레나룻이 멋있는 아빠에게 끌렸다. 뒤꿈치 들고 걸으라는 희 잔소리에도 샤워 후 팬티 바람으로 거실 쿵쿵 돌아다니는 아빠의 두꺼운 몸을 몰래 눈여겨보다 발기했으며 초등학교 5, 6학년 무렵부터 아빠와 목욕탕 갈 때마다 똥 싸는 척 탕 내부 화장실에 들어가 고추 흔들었다. 초반엔 짜릿한 감각만 즐겼는데 갈수록 정액 양이 늘어났다. 열탕에서 몸 지지는 아빠 옆에 태연히 앉았으나 아빠 아들 귀두가 새빨갛게 부풀었다는 걸 몰랐을 리 없다. 토요일 아침이면 안방에서 나와 비몽사몽 아들 방 침대로 올라온 아빠, 벽 쪽으로 돌아누운 아들 껴안아 가는 목에 턱수염 비비며 다시 잠든 아빠, 어른 성기가 엉덩이에 밀착돼 잠이 확 달아난 밍키. 아빠도 밍키를 좋아했을까? 아빠도 밍키 생각에 고추가 커졌을까? 아들과 부적절한 관계를 맺게 될까 두려워 영영 도망갔을까? 밍키의 문란한 망상에 불과할까?

일찍 성에 눈뜬 밍키는 중학생 땐 으슥한 골목에서 동네 형인지 아저씬지 모를 남자 고추 사탕 핥듯 빨아줬고 고등학생 땐 모텔에서 다른 학교 선생과 잤고 대학생 땐 잘생긴 교수와 자보려 발버둥 쳤다. 경제력과 미감, 위생 관념이 제각각인 번개남 집 찾아다니느라 여념 없기도 했다. 한마디로 아낌없는 중년남 사랑에 지배당해온 삶이었다. 아키비스트가 아카이브 테마로 삼기 좋은 구절이겠다. 조소과 졸업 전시에서 알루미늄 철사 뼈대에 유토 빚어 만든 조그만 중년남 조각을 서른 점 선보이기까지 했으므로(조각은 지금 발코니 창고에 처박혀 있음) 중년남 전문가로 불릴 만하지. 여름철 베이징 비키니 차림으로 빨빨 쏘다니거나 동네 뒷산에서 역기 들며 어중간하게 힘자랑해 밉상인 중년부터 곱게 나이 들어 보기만 해도 맛있는 중년까지, 중년의 신체 및 행동 양식이 불러일으키는 불쾌와 매혹을 두루 표현한 작품이었다. 중년 교수 반응이 썩 좋진 않았으나 어찌어찌 졸업해 전공과 상관없는 인하우스 아키비스트로 사회생활을 시작했다. 그저 뜻깊어 보람차고 흥미로운 일을 맡고 싶었다. 내 업무는 유족이 제공한 자료, 고인 생애를 다룬 지인 인터뷰 영상과 녹취록, 고인의 손때 묻은 온갖 물건을 깡그리 모으고 항목별로 분류해 연표 및 전기傳記를 비롯한 디지털 아카이브를 구축하는 것이었다.

고작 며칠 전에 만난 중년남이 갑자기 죽어 아키비스트로서 그의 집에 다시 방문한 적 있다. 유품 정리하다 미소 짓는 중년남 사진에 눈길이 닿자 왠지 귀신과 섹스한 듯 으스스했다. 집 안 곳곳에 십자고상, 성모상, 묵주 등 성물을 벌여놓곤 섹스하기 전 기도문 외랴 침구에 성수 뿌리랴 바삐 움직이던 그는 천국행 티켓 끊어 무사히 하느님 곁으로 갔을까?

"아들, 엄마랑 성당 다닌 거 기억나?"

희는 잠잠히 밥술 뜨다 용케 입을 열었다.

"그럼, 엄마가 나 억지로 끌고 갔잖아."

"애는? 너도 기도 열심히 했으면서."

"난 안 믿었어. 믿는 척했지. 엄마 좋으라고."

물로 입을 헹궜다. 이에 낀 음식물이 좀체 빠지지 않았다.

"아들한테 속았네. 엄만 혼자였네."

희가 날 흘겨봤다.

"속긴 뭘 속아. 엄마가 보고 싶은 모습만 본 거겠지. 아들이 본인처럼 독실한 신자로 자라길 바란 거야. 왜 그랬을까? 성당 같이 다닐 말동무가 필요했나?"

"성당 가기 싫다 징징대지 그랬어."

"어떻게 그래. 미사랑 고해성사 꼬박꼬박 챙기길 기대하는 눈빛이 빤히 보이는데. 세례성사도 첫영성체도 견진성사도 순전히 엄마 욕심이었어. 내 세례명은 왜 미카엘이야? 난 악마에 더 가까워."

"얼씨구? 너 말조심해. 어버이날인데 엄마 참 행복하겠다, 그치?"

포도 18: 성수반에 담긴 성수 찍어 성호 안 긋고 손끝으로 문질러 증발시키기, 고해소에서 냉담자로 오래 지냈음을 뉘우치며 죄를 사하여달라 간청해놓고 신부가 인자한 목소리로 보속 줄 때 가운뎃손가락 또는 혀 내밀기, 보속 기도 일부러 건너뛰어 성체 모시기(녹여 먹음 안 됨, 꼭꼭 씹어 먹어야 함), 주임신부 보좌신부 가릴 것 없이 얼평 몸평 해대기, 성가에 불협화음 넣기, 사제관에 쳐들어가 신부 동정 뺏기, 레지오 단원이 나눠 주는 성지(편백나무 가지) 라이터로 불태우기.

"너 엄마가 항상 불편했니? 친구처럼 지낸 줄 알았는데."

희 집에 가 식탁에서 호로록 차를 마셨다.

"엄만 친구가 될 수 없어."

"그럼 엄마한테 말 못 한 게 많겠네?"

"당연하지."

"아, 당연해?"

난 초등학생 밍키 따돌리고 꼬집고 발길질하고 돈 뜯어낸 애들보다 희의 반응이 훨씬 무서웠다. 밍키가 당한 괴롭힘을 밍키보다 더 심각하게 받아들이는 존재가 이 세상에 한 명도 없길 바랐다. 한 명만 있어도 인생 피곤해진다. 상처 짊어지고 집으로 돌아가는 길이 괴로워 집이 사라졌음 좋겠다 빌었다. 하나뿐인 귀한 아들내미가 하필 당하는 쪽이라 들끓는 연민과 부끄러움이 싫었다. 희가 야단치는 게 가해자인지 밍키인지 헷갈렸다. 학교에서 벌어진 일은 입 꼭 닫아 숨겨야 집안 평화에 찬물 끼얹지 않을 수 있었다. 희에게 체육 선생의 만행을 일러바친다? 희의 격렬한 감정 표출을 견딜 자신이 없었다. '평온을 비는 기도'엔 바꿀 수 없는 걸 평온하게 받아들일 은혜, 바꿔야 할 걸 바꿀 용기, 이 둘을 분별할 지혜를 달라는 구절이 나온다. 성추행당한 경험은 어떨까? 바꿀 수 있나? 바꿔야 하나? 바꿀 수 없나?

"하룻밤 자고 갈 거지? 일기장이든 앨범이든 사진이든 뭐든 필요한 거 미리 좀 챙겨. 나중에 택배로 부쳐달라는 둥 사진 찍어 보내달라는 둥 귀찮게 굴지 말고."

희는 창고로 쓰는 작은방에 요와 이불을 깔아줬다. 밍키가 청소년기를 보낸 공간이었다. 낡아빠진 책상엔 홍삼즙과 양파즙 박스, 두루마리 휴지가 쌓여 있었다. 먼지 낀 옷가지와 믹서, 전기밥솥, 드라이어, 청소기 박스가 방바닥을 채웠다. 요에 드러누우니 벽에 걸린 유치원 졸업 사진과 태권도장에서 도복 입고 찍은 사진이 날 내려다보는 것 같았다. 그들은 발랑 까진 창놈이 자기 미래라는 걸 알면 시발 좆됐다, 몸서리칠까. 걱정하지 마. 네 인생은 중학생 때 이미 끝났어. 짧은 인생이었어.

### 2074년 5월 11일 금요일

17지구에 사는 상옥은 대기업 대리로 일한다는 똘똘한 딸 지나와 함께 인터뷰에 참여하기로 했다. 그의 첫인상은 기름칠 잘된 무쇠솥 같았다. 봉긋 솟은 광대뼈와 네모진 턱, 어깨까지 늘어뜨린 흰머리가 멋졌다. 자식 둘 홀로 키운 이의 굳은 심지가 엿보였다. 그는 교회 권사라 집에 손님(대개 교인) 오는 게 익숙하댔다. 상다리 휘어지게 밥 차려줄 테니 집으로 오라는 요청을 부드럽게 물리쳤다. 인터뷰이에게 빚진 채 질문 던지기 껄끄러웠다. 전도에 도 트인 그의 저돌적 호의가 부담스럽기도 했다. 인터뷰 장소로 한적한 카페가 제격이었다. 그들은 드론캠이 꺼질 때까지 팔짱을 풀지 않았다.

MINKY: 두 분 생각에 선생은 어떤 인간이었나요?

SANGOK: 가정을 전혀 돌보지 않았지. 내가 크고 작은 일을 전부 도맡아 했어요. 양가 부모 의사가 많이 개입된 중매결혼이었지만 난 기왕 이렇게 됐으니 살림 야무지게 꾸려보자는 생각뿐이었는데 전남편은 주구장창 겉돌더라고. 인정머리 없이 자식 맘대로 주물러대는 아버지에 대한 뒤늦은 반항이었을까? 아버지 선택이 그릇됐다는 걸 증명하려는 심리였는지 아닌지 본인만 알겠지. 아니, 그럼 나랑 아예 결혼하질 말든가, 애 낳질 말든가. 미워 죽겠어요.

GINA: 난 그 인간 얼굴 떠올리기도 싫어. 평판을 얼마나 중시하는지 아빠 부끄럽지 않게 매사에 신중히 처신해라, 학교 선생이 자식 양육 소홀히 한단 소문 돌기만 해봐라, 술주정 부릴 줄만 알았지 아빠로서 아무것도 한 게 없어요. 자식한테 무시당해도 싸.

S: 앤 아빠 집에 들어오면 방문 걸어 잠그기 바빴어요. 고

등학교 올라가선 투명 인간 취급했지. 지 오빠랑 달리 반듯하게 잘 컸어요. 앙금이 남긴 했겠지만 기대치가 제로였으니 상처도 덜 받았겠지 뭐.

M: 오빠 애길 좀 들려주세요.

G: 오빠 미련하게 아빠의 인정과 사랑을 끝까지 갈구했어요. 중학교에 다닌 3년간은 예의 바르고 성실한 학생이었을 거예요. 아빠가 체육 선생으로 근무했으니까. 1, 2학년 땐가 오빠 담임이었을걸요? 암튼 아빠 다른 학생들만 눈에 띄게 예뻐했대요. 오빠랑 단둘이 있을 때도 살갑게 대해주긴커녕 아빠라 부르지 말라고 윽박질렀다나. 오빠 눈엔 성추행이 성추행으로 안 보였겠죠. 집에선 생전 자식 한번 안아준 적 없는 아빠가 말 잘 듣는 애들 포옹해주고 뽀뽀해주는데 오죽하겠어요? 고등학교 입학하더니 공부에 한창 집중해야 할 시기에 된통 엇나갔죠. 사고 쳐서 아빠 관심 끌려다 지 인생 스스로 조진 거예요. 뭐 어쩌겠어요. 중학교, 고등학교가 한 건물로 붙어 있는 바람에 오빠가 양아치 짓거리 하는 족족 아빠 귀에 언짢은 소식이 콕콕 박혔어요. 사고뭉치를 누가 좋아해요? 아빠 당연히 오빨 더 멀리 밀어냈죠. 뒷감당은 엄마가 다 했어요. 오빠한테 두들겨 맞은 학생 부모 앞에서 싹싹 빌었잖아요. 오빠 제발 좀 아빠 그늘에서 벗어나야 돼요. 그거 아세요? 오빠 지금도 종종 반찬 싸 들고 아빠 집에 가는 거? 아, 진짜 한심해.

S: 아들은 퇴학당해…… 남편은 징역살이해…… 하여간 우

리 집안 남자들은 하나같이 등신이라니까. 하, 좀 쉬었다 해요. 담배 피우고 올게요.

상옥과 지나는 카페 테라스에 나가 줄담배를 뻑뻑 피웠다.

M: 선생은 왜 그토록 선생질에만 열중했을까요?

S: 글쎄, 생각 안 해봤는데…… 아버진 전형적인 폭력 교사였지만 자긴 학생 안 때리는 훌륭한 선생이라 뿌듯했나? 오해하지 말고 들어요. 정말 인기 많은 선생이긴 했어요. 스승의날에 옛 제자들한테 받는 선물이 과장 조금 보태서 한 트럭이었어요. 드물게 사랑으로 대해줬다 이거지. 여기저기서 감사패도 꽤 받았고. 학교에서 쫓겨났는데도 전화로 안부 묻거나 직접 찾아오는 제자가 끊이지 않았다니까요. 참 어이없죠. 지금은 뭐 따로 사니까 어떤지 모르겠네. 아마 선생 불쌍히 여기는 제자가 한 명쯤은 남아 있겠지.

G: 전 그런 생각도 들어요. 할머니, 할아버지가 워낙 무뚝뚝한 편이라 아빤 자식 울타리가 돼주는 방법을 못 배우지 않았을까. 꼭 배워야 그럴 수 있는 건 아니지만…… 게다가 학생한테 있는 사랑 없는 사랑 다 쏟아붓다 보니 자식한테 줄 사랑이 없었나 보죠. 어찌 됐든 절대 용서 못 해요. 좋은 아빠가 아니라 좋은 선생이 되려 했던 인간에게 좋은 자식은 필요 없어요. 근데 그마저도 실패했네요.

S: 한 가지 짚고 넘어갈 게 있어요. 도움이 될까 싶어 얘기해요. 전남편은 상습 성추행으로 선생 자격 박탈당했을 때 엄청난 충격에 휩싸였어요. 얼빠진 표정이었다니까요. 두고

두고 귀감이 되게끔 선생질에 일생을 바쳤는데 이게 대체 무슨 일이지? 계속 자문하느라 잠도 못 자는 거 같았어요. 전남편이 단 한 번도 자기 행동을 성추행으로 인식한 적이 없었단 거예요.

M: 어떻게 이혼을 결심하셨어요? 피해자 모임 지원하신 이유도 궁금해요.

S: 음, 이혼 서류 내밀기? 너무 쉬웠어요. 이혼할까 말까 하루 이틀 고민한 게 아니니까. 남편이 범죄자가 되게 생겼네? 놓칠 수 없는 기회다 싶었지, 남편과 연을 끊어낼. 친하게 지내는 교인들 생각하면 남편이 부끄러워 미치겠더라고요. 가정 유지하는 데 하등 쓸모없는 인간이 이제 내 인간관계까지 망치려 든다는 경각심이 확 들었어요. 딸 미래에도 도움이 안 될 테고. 피해자 모임 도운 건 뭐 뒤치다꺼리는 내 전문이라. 남편이 싼 똥 대신 치웠다 생각해줘요. 흔적 안 남도록 완벽하게 닦아낼 순 없는 똥이었지만.

M: 인터뷰에 응하기로 결심한 계기가 있으세요?

S: 영상을 찍는다기에 며칠 갈등했지. 공개적으로 전남편 깎아내리는 셈인데 어떻게 고민이 안 되겠어요? 날 죽도록 힘들게 한 인간 앞길 막으려는 악의를 품어도 괜찮을까? 하나님 앞에서 떳떳할 수 있나? 덮어놓고 용서하는 게 답인가? 다 모르겠고 어떤 결과가 나오든 밍키 씨한테 힘을 실어주기로 했어요. 그게 맞는 방향 같네요.

M: 마지막으로 하고 싶은 말씀?

S: 영상 작업 취지엔 안 맞겠지만…… 때론 다 잊고 아무일도 벌어지지 않은 듯 살아가는 게 답이에요. 왜 그럴 때 있잖아요. 하늘이 너무 맑고 예뻐서 세상이 날 속이는 거 같다. 나쁜 일은 없어. 오직 평화뿐이야. 아름다울 따름이야. 고군분투하면 멋있긴 한데 심신 안정을 위해서 단순한 평화에 속아 넘어가는 선택지도 있어요. 밍키 씨 의지를 꺾으려는 건 아니에요. 앞만 보지 말고 넓게 둘러보라는 의미.

G: 이런 거 얘기해도 되나? 저 결혼식 준비 중이에요. 12월에 결혼해요. 초면이지만 청첩장 드려도 돼요? 고마워요. 감자야, 사랑해! 감자는 마천루 55 시민이에요. 그루네발트에서 만났어요. 이번 달 안에 몸을 냉동고 캡슐에 보관하든 좋은 값에 팔아 결혼 자금에 보태든 해서 여기로 넘어올거예요. 56에서 같이 살려고요. 감자가 빨리 도약하면 좋겠어요. 혹시 주변에 55로 도약하려는 분 있음 연락 주세요.

지나는 귀갓길에 감자 프로필 사진을 보내줬다. 도약 예정자라면 누구라도 탐낼 곱슬머리 미인이었다. 예쁜 감자 몸얻고자 도약할까 말까 애태울 만큼.

### 2074년 5월 12일 토요일

"선생님, 안녕하세요. 저 밍키인데 기억하세요?"

상옥에게 받은 선생 연락처로 조심스레 문자 보냈더니 득달같이 전화가 걸려와 황망하기 그지없었다. 내 연락을 자나

깨나 기다린 듯이. 깊은숨을 들이마셨다 내쉬곤 전화 받아 양껏 비위 맞춰줬다.

"선생님, 그동안 많이 힘드셨죠? 저 많이 예뻐해주셨잖아요. 선생님은 여전히 멋진 어른이세요. 선생님이 열과 성을 다해 가르쳐주신 성공의 법칙 세 가지 잊어버리지 않았어요. 관성의 법칙. 살던 대로 살게 되니 열심히 살아라. 가속도의 법칙. 노력할수록 요령이 붙어 삶이 점점 수월해진다. 작용 반작용의 법칙. 남의 얼굴에 뱉은 침은 결국 내 얼굴에 떨어진다. 친절하게 살자. 제가 선생님 덕분에 번듯하게 지내요."

선생은 스승의날 앞두고 제자가 아양 떨어 감격한 모양이었다. 목이 메는지 자꾸 말끝을 뭉개 짜증 났다. 16년간 쌓인 쌍욕이 울컥 치밀었다.

"모범으로 삼을 만한 선생님 한 분 한 분 찾아가 인터뷰하는 프로젝트를 진행 중이에요. 선생님 꼭 만나 뵙길 소망합니다. 선생님 말씀 카메라에 담고 싶어요."

선생은 다가오는 화요일에 만나자 했다. 일이 너무 쉽게 풀려 맥 빠졌다. 잭스가 일하는 카페를 약속 장소로 정했다. 상옥 조언대로 다육식물 화분을 미리 구입했다.

### 2074년 5월 14일 월요일

포도 17 카페에 앉아 선생 얼굴 보고도 표정 건조하게 유지하는 시뮬레이션을 반복했다. 그가 촬영에 적극 임하게 하려면 콧소리 섞인 알랑방귀에 눈웃음을 소금 치듯 더해야 하겠으나 표정만큼은 내 뜻대로 통제하고 싶었다. 모순 덩어리일 줄 알지만 얼굴로는 당신 언행에 조금도 동의하지 않으며 너 새끼를 저주한단 의사를 표명할 것이다. 웃지 말자, 웃지 말자, 웃지 말자, 웃지 말자, 웃지 말자…… 난 작업 재료를 얻을 뿐이다. 선생을 포도 속에서 보다 정교하게 모사할 수 있겠지. 웃지 말자, 웃지 말자, 웃지 말자…… 고등학생 때 밤늦게 집에 빨리 가고자 선생이 사는 아파트 단지를 가로지르곤 했다. 불안했다. 선생 마주칠까 봐? 아니다. 그를 개무시하지 못할까 봐, 그의 술수에 말려들어 해맑게 웃으며 인사해버릴까 봐, 선생 추행에 동조했단 인상 풍길까 봐.

"무릎 꿇고 용서 빌어, 썹새끼야."

선생은 착하고 귀엽기만 했던 밍키가 개지랄 떨자 놀라움을 금치 못했다. 마지막 세션에선 카페 직원들과 합심해 선생 자빠뜨렸다. 선생 그림자 밟지 말라는 선조 가르침을 실천하고자 바닥에 생긴 그림자만 빼고 골고루 밟아줬다. 우두둑 갈비뼈 부러지는 소리가 났다. 선생은 의자로 뭇매 맞으며 밍키 바짓가랑이 붙들고 미안하다 살려달라 울부짖었다. 면피용 사과라 받아들일 수 없었다.

### 2074년 5월 15일 화요일(스승의날)

선생과 온탕에 걸터앉아 손발 쪼글쪼글해지도록 시시덕대는 악몽을 꿨다. 불길했다. 화분을 집에 놓고 나와 타디스 타기 직전 집으로 돌아가야 했다. 다육식물을 길바닥에 팽개칠

뻔했다. 엉뚱한 화풀이 금지. 카페는 17지구 B2 승강장과 가까웠다. 카페 구석에 자리 잡는 날 잭스가 째려봤다. 쟤가 여기 왜 왔지? 의문스럽게 여기는 표정이었다. 머리 희끗해진 선생이 등장해 몇 초 두리번대다 어기적어기적 내 자리로 올 때까지 잭스는 고개 숙여 딴청 피웠다. 선생은 카페가 몹시 붐비는데도 지난 세월이 무색하게 날 대번에 알아봤다. 그와 눈 마주친 순간 몸통이 쪼그라들어 중학생 밍키로 변질되는 기분이었다. 그는 눈가가 자글자글할 뿐 생긴 건 거의 똑같은데 예전만큼 우람해 보이진 않았다. 동네 목욕탕에 널리고 널린 늙은 두꺼비였다. 그의 능청스러운 미소에 화답하지 않으려 어금니를 깨물었다.

"밍키야, 이게 얼마 만이냐."

선생이 팔 벌리기에 냉큼 자리에 앉았다.

"선생님, 잘 지내셨어요?"

"나야 뭐 그럭저럭 잘 지냈지."

그의 대답이 성에 차지 않았다.

"요즘은 뭐 하세요? 근황 좀 알려주세요."

선생 동의 없이 드론캠을 켰다.

"주로 집에 있어. 운동도 하고 다육식물도 보살피고 하다 보면 하루 금방 가버리지. 가끔 친구들이랑 등산 다녀오고. 요새 시간이 참 빨라."

"이혼하셨다 들었는데 연애는 안 하세요?"

"아, 연애는 무슨 연애. 쓸데없는 소리. 난 원래 연애고 결혼이고 관심 하나도 없었어. 결혼 생활이 별로 행복하지 않았지. 와이프랑 성격이 영 안 맞더라고. 이제 와서 미안한 얘기지만 가족을 방치했다 봐야겠지. 난 평생을 학교교육에 헌신해온 사람이야. 선생 역할에 늘 최선을 다했다고. 한 점 부끄러움이 없어."

갑자기 올라온 몸살 기운에 신경이 날카로워졌다.

"학생들이 선생님 고소했잖아요. 어떠셨어요?"

"음, 그때 생각만 하면 울분이 치밀어. 은혜도 모르는 애들한테 하루아침에 배신당했잖니. 선생님이 강인한 정신력과 집중력 누구이 강조한 거 알지? 선생님 말씀대로 열심히 공부한 학생들 사랑으로 안아주고 귀여워해준 기억뿐이야. 중학교 부임하기 전에 대학교 시간강사 했거든? 다 큰 사회체육과 대학생만 지도하다…… 애들이 올망졸망 강아지 같은 거야."

하긴, 모르는 어린이 볼은 허락받아 만지나? 강아지 의견 물어보고 입양하나? 어린것, 귀여운 것 쓰다듬고 물고 빨려는 욕망은 꽤나 보편적이잖아? 어른이 몸가짐 예쁜 남자애 살짝 깨문 게 큰 잘못인가? 흔하디흔한 사랑 표현인데? 내가 선생 입장이었음 어린 학생 강간하지 않곤 못 배겼을 것이다. 나이와 지위 등 권력 총동원해 그를 만지고 그가 날 만지게 하고 그의 입을 틀어막아야 하지 않을까. 그래야 힘겹게 선생질하는 보람이 있지. 선생은 참된 교육자로서 나쁜 학생 패는 대신 착한 학생에게 뽀뽀하기로 결심했을 뿐이다. 그는 성폭력 저지를 상이 아니다. 그럴 깡도 없다. 못생긴 떡두꺼비상이라 뭇 학생들이 그의 손길을 달가워하지 않은 것이다. 버릇없이. 선생은 밍키를 망치지 않았다. 밍키는 아빠가 충분히 베풀지 않은 사랑을 선생에게 받았다. 선생이 아빠보다 낫다.

"억울하시겠어요."

"억울하지. 어디다 실컷 하소연도 못 해. 손가락질이 좀 많아야지. 그래도 밍키 너처럼 선생님 진심 헤아려주는 제자가 있어 다행 아니냐. 선생님이 헛살진 않았나 보다."

그를 거리낌 없이 대상화해도 양심에 찔리지 않겠다 확신이 생긴 한편, 심신이 개판임을 알리는 경고가 골을 땅땅 때렸다. 두통이 몰려왔다. 속이 울렁거려 화장실로 피신했다. 문 잠그기 전 잭스가 황급히 따라 들어왔다.

"왜 빨아줄까?"

변기에 얼굴 갖다 대고 점심을 모조리 게웠다. 그렁그렁 눈물이 맺혔다.

"너 여기서 뭐 해?"

잭스는 내 등 두드려줄 법도 한데 대답만 기다렸다.

"왜? 선생 만나잖아. 왜 발끈해?"

"일부러 그러는 거지?"

"뭘? 알아듣게 좀 얘기해!"

"알면서 모른 척하지마, 새끼야!"

그에게 머리끄덩이를 잡혔다.

"아, 선생이 네 아빠인 거? 이제 확실해졌네. 왜 숨겼어?"

"아빠한테 안 좋은 일 생기기만 해. 가만 안 둔다."

"씨발, 저리 비켜. 일이나 똑바로 하지? 테이블 좆나 더러
워, 개새끼야."

잭스 모질게 밀치곤 테이블로 돌아와 빨리 정신 가다듬었다.

"밍키, 괜찮니? 안색이 안 좋아."

"아, 괜찮아요. 신경 쓰지 마세요."

그의 동정에 기분이 묘하게 엿 같았다. 빈틈을 보이기 싫
었다.

"이거 스승의날 선물이에요."

그에게 화분을 내밀었다.

"고맙다. 선생님 다육식물 좋아하는 거 어떻게 알았대. 인
터뷰는 끝인가? 어째 넋두리만 늘어놓은 거 같네. 잠깐 집에
들렀다 갈래? 선생님 과일 잘 깎잖아."

얼결에 선생 신발장을 다 구경하게 됐다. 때 탄 운동화와
배구공, 농구공, 축구공, 아령, 배드민턴 라켓, 테니스 라켓,
골프채, 검은 줄넘기 등이 어지럽게 들어차 있었다. 미닫이
중문을 여니 로즈우드 장식장이 보란 듯 위용을 자랑했다.
본인이 좋은 선생이었음을 뒷받침해줘 손님에게 과시하고픈
물건을 유리문 너머에 몰아넣었다. 감사패, 트로피, 표창장,
졸업장, 박사 논문, 스승의날 기념 꽃다발과 구두 등등. 아키
비스트로 일하며 깨달은 바론 너무 소중해 전시해놓은 물건
이 있는가 하면 같은 이유로 꼭꼭 숨긴 물건도 있다.

"밍키 너한테만 보여주는 거다."

선생은 흰 장갑 끼더니 장식장 아래쪽 서랍을 열어 가죽 장정 입힌 앨범을 꺼냈다. 담임 맡은 반 학생 중 기특한 녀석들 졸업 사진만 엄선해 연도별로 모아둔 것이었다. 마치 그루네발트에서 만난 중년남 집에 처음 놀러 갔는데 정황상 그가 시신 훼손과 전리품 수집 즐기는 연쇄살인범이라는 걸 방금 깨달은 듯 머리부터 발끝까지 쫙 소름 돋았다.

"여기 밍키도 있네."

차마 입이 떨어지지 않았다. 환갑 앞둔 아재가 중학생 밍키 사진을 추억 깃든 기념품처럼 어루만지다니. 맘속 아키비스트가 이 앨범을 탐냈다. 옳든 그르든 고인의 삶을 함축하기에 이만한 유품이 없다 주장했다. 물론 미디어 아티스트 밍키도 앨범을 손에 넣고 싶어 입맛 다셨다. 바닥에 앉아 앨범 한 장 한 장 넘겨 보는 사이 선생이 참외를 깎아 왔다. 포크로 참외 찍어 입가에 대는 걸 무시했더니 그냥 거실 탁자 위 접시에 뒀다.

"음, 잭스 사진은 없네요?"

"잭스? 어떻게 알았니? 잭스가 얘기하던?"

소파에 앉은 선생 언성이 높아졌다.

"아뇨, 둘이 닮았잖아요."

장식장 트로피 앞에 세워둔 젊은 시절 선생 사진을 가리켰다. 산꼭대기 표지석 옆에서 폼 잡아 찍은 것이었다. 반바지 아래로 바위같이 울퉁불퉁한 허벅지가 보였다.

208

"체형도 자세도 진짜 똑같아요."

왜 진작 알아채지 못했을까. 너무 닮아 헛웃음이 나올 지경이었다.

"그렇구나. 아들은 엄마 닮았다 생각했는데."

"몸은 아빠, 얼굴은 엄마예요."

"뭐라고?"

"아니에요. 저 슬슬 가야겠어요, 선생님."

"벌써 가게? 참외는?"

선생은 엉거주춤 일어나 슬리퍼에 발 꿰다 넘어질 뻔했다.

"참외 싫어해요. 단감이 좋아요."

선생 눈이 휘둥그레졌다. 역시 단감이었어.

"다음에 또 놀러 오렴. 9월이나 10월에 오는 게 좋겠어."

그의 집에 정말로 놀러 간 거였음 좋겠다 생각했다.


## 2074년 6월 21일 목요일

포도 19를 눌러 시뮬레이션에 접어들었다. 칠흑 같은 밤, 백미러에 묵주 걸린 택배 트럭 운전석, 근육질 기사가 엉덩이 퍽퍽 뚫어줬다. 세차게 흔들리는 십자가에서 그만 예수가 떨어질 것 같았다. 포도 20에선 싸가지 없는 중년 의사에게 환자 말귀 못 알아 처먹는 새끼야, 쏘아붙였다. 난 항상 의사가 내 호소 가볍게 무시하며 거들먹댈 걸 예상해 진료실 들어가기 전 단단히 싸울 준비를 한다. 머릿속으로 좆나 준비만 한다. 홧김에 의사 가운 찢어발기자 한없이 작아진 의사

양반. 냄비에 넣어 삶아버릴까. 몸보신엔 중년남 살코기지. 포도 21. 퉁명스러움과 반말이 몸에 밴 중년남 얼굴 셋 달린 케르베로스 목을 하나씩 뗐다. 버스 및 택시 기사, 아파트 방재실 직원이 차례대로 죽어나갔다. 포도 22. 사상이 글러먹어 군복 즐겨 입는 잘생긴 중년 납치, 감금, 강간했다. 신념이 고루할수록 고집불통일수록 따먹는 감칠맛이 깊어졌다.

### 2074년 8월 4일 토요일(생일)

전등이란 전등은 몽땅 꺼버린 채 어둠 속 소파에 우두커니 앉아 있었다. 저녁 8시 무렵 정장 입은 털보가 12층에서 내려와 똑똑 문 두드렸다. 미미가 문 열어주러 다가가자 현관 센서 등이 어둠을 비집었다. 미미와 털보 그림자가 거실 바닥에 길쭉이 서렸다 깜빡 사라졌다. 감미로운 털보 속삭임이 귓구멍을 간지럽혔다.

"밍키야, 준비됐어?"

"준비됐어요."

털보가 손가락 튕겨 내 코앞에다 타원형 포털을 열었다. 테두리가 세로로 잡아 늘인 은반지를 닮았다. 기껏해야 일주일 체험인데 손끝이 바들바들 떨렸다.

"집 잘 지키고 있어, 미미. 갔다 올게."

어둠뿐인 포털 너머에 발 들이자마자 창자 지나가는 똥 덩이처럼 새카만 통로에 빨려 들어갔다. 가까스로 정신 차리니 마천루 55의 도약 체험용 로봇에 담긴 정신이 어렴풋이 느껴졌다. 직장 빠져나와 차가운 변기 물에 퐁당 떨어진 똥의 심정이랄까. 카메라로 처음 본 건 식탁에 놓인 생일 케이크였다. 아바타와 똑같이 정장 입은 털보 본체가 큰 초 세 개, 작은 초 두 개에 불 붙였다.

"생일 축하해, 밍키. 스피커랑 마이크 있으니까 듣고 말할 수 있어. 노래 불러줄게."

초 후후 불어 혼자 케이크 먹는 털보를 지켜봤다. 콧수염에 크림이 덕지덕지 묻었다.

"바퀴 달린 휴지통이 됐다 생각하고 움직이면 편할 거야."

그가 날 거실 바닥에 살며시 내려줬다. 그의 바지 앞섶이 눈높이에 있었다. 화질이 점차 선명해졌다. 시험 삼아 빙글빙글 원을 그려봤다. 몸무게는 아기같이 가벼운데 쇳덩이에 버금가게 둔해졌다. 밍키에서 미이이이잉키가 됐다.

"너 어떻게 생겼나 볼래? 전신 거울 있어. 안락의자 옆 구석에."

지름이 30센티쯤 되는 원기둥에 돔 뚜껑을 얹은 모습이었다. 키는 90센티에 조금 못 미칠 듯했다. 검은 유리 재질이라 반들반들 윤이 났다. 유리 딜도를 모델로 디자인한 게 틀림없었다. 항문에 넣기엔 너무 뭉툭했다. 카메라가 내장된 딜도라니 엉뚱했지만 털보가 로봇 카탈로그 뒤져 고심 끝에 고른 깜짝 선물이니 불평할 건더긴 없었다.

"어때? 맘에 들어? 기분은?"

털보가 뒤에서 내 정수리 쓰다듬으며 넥타이를 끌렀다.

"글쎄요, 먼 과거에서 미래로 떠나온 느낌이에요. 어지러워요. 목소리도 이상해."

이어 벨트 풀어 줄무늬 트렁크 팬티까지 벗었다. 그의 종아리 감싼 정장 양말과 털로 덮인 통통한 허벅지가 거울에 비쳤다. 잘 익은 배 같았다.

"여기에 적응하면 괜찮아질 거야."

촉각을 못 느끼니 그가 내 뒤통수에 러브젤 치덕치덕 바르는 걸 미처 몰랐다. 털보는 양손으로 붙잡은 내 머리통에 고추 비비며 앙앙댔다. 아저씨 성욕 받아낼 인간 몸뚱이가 없어 아쉬웠다. 하지만 그와 색다르게 섹스하기도, 그의 집 인형 장식장을 비롯한 마천루 55 구경하기도 도약 체험의 목적이 아니었다. 난 마천루 55 체류자로서 일주일간 매일 두 시간씩 56에 접속할 것이다.

**2074년 8월 13일 월요일**

그동안 털보 본체 집에 단조로이 얹혀살았다. 그는 출근하기 전 로봇 뒷머리 단자 구멍에 플러그를 꽂아줬다. 퇴근해선 날 자위 기구로 이용했다. 남색 작업복에 헬멧 쓴 털보가 엘리베이터 점검하고 수리하느라 땀 흘리는 동안, 난 56 속 선생 아파트를 찾아갔다. 선생 인생의 작은 걸림돌, 불행의 씨앗이 되고자 성가신 모기나 파리, 신발에 들러붙어 죽어도 안 떨어지는 껌, 일진 사나운 날에 밟힌 개똥 등을 궁리하다 자유자재로 흘러 다니는 뜨거운 타르 아바타를 만들었다. 불길한 색깔, 끈적이는 성질, 역한 냄새, 유독성, 오염의 효력이 선생 괴롭히기에 걸맞았다.

아파트 인근 공원 음지에 숨어 있다 슬금슬금 도로로 기어가 건물 벽을 탔다. 새시 틈을 통과해 발코니 천장 지나 거실로 침투했다. 각각 다른 시간대에 선생 일거수일투족을 감시해보니 아침엔 다육식물 뚫어져라 살피기, 점심엔 장식장 먼지 터는 등 집안일 하기, 저녁엔 기구 운동과 맨몸 운동 하기, 밤 11시 전에 잠들기가 정직하리만치 권태로운 일상의 전부였다. 밥때든 아니든 시도 때도 없이 병나발 부는 게 유별나긴 했다. 강인한 정신력과 집중력 운운하더니…… 날 초대했을 땐 술병 싹 치웠지 싶었다.

난 그의 생활에 완전히 스며들었다. 선생 시선 닿는 곳마다 내 일부를 묻혀 시커멓게 먹칠했다. 벽과 천장, 바닥, 가구, 아끼는 물건을 가리지 않았다. 그가 갓 지은 쌀밥에 타르 방울을 떨어뜨리고 샤워기에서 거무죽죽한 물줄기가 쏟아지게 했다. 그의 옷장도 예외가 아니었다. 선생이 자주 입는 옷에 생긴 검은 얼룩은 표백제를 써도 지워지지 않았다. 한낮에 창문 메워 빛을 앗아가기도, 안방 천장 모서리에 귀신처럼 붙어 침대에서 잠잘 준비하는 선생 공포에 질리게 하기도 했다. 악당 정신 교란해 마침내 미치게 해야 성공하는 게임 플레이어가 된 듯했다. 선생은 집 안 꾸물꾸물 활보하는 타르를 목격하고도 놀라지 않았다. 아무도 자길 환영하지 않아 걷잡을 수 없이 저물어가는 삶이 상징적인 헛것으로 나타난다 여겼을까. 두 시간이 지나면 감쪽같이 자취를 감추니 내가 아바타 따위임을 간파했나? 난 그를 못살게 군 뒤 매번 카운트다운이 끝나기 직전 아슬아슬하게 공원으로 돌아가 털보 집으로 복귀했다. 몰입감이 심해 시간 가는 줄 몰랐다. 시뮬레이션이 반복될수록 선생이 더욱 게임 캐릭터로 비쳤다. 기도 막아 콱 죽여볼까 무서운 생각까지 들었다. 선생은 이미 자멸을 향해 내달리는 것 같았지만.

8월 10일 금요일, 도약 체험이 끝나갈 즘 잭스가 선생 집 초인종을 눌렀다. 후다닥 거실 천장에 붙었다. 선생은 퀭한 얼굴로 땀에 전 잭스를 맞이했다. 잭스는 지나 말대로 수십 가지 반찬을 바리바리 싸 와 냉대에도 묵묵히 냉장고를 다시 채웠다. 선생은 잭스의 반찬 배달을 간지럽다 생각하면서도 반찬 통을 싹싹 비우는 듯했다.

"아빠, 이게 마지막이에요. 저 멀리 떠나요. 다신 못 만날 거예요."

잭스는 냉장고 문을 꼬옥 눌러 닫곤 주먹 불끈 쥐었다.

"그래, 잘 가라. 고마웠다."

선생은 안방으로 들어가버렸다.

"술 좀 작작 처먹어! 죽으려고 작정했어? 집 안 꼴은 왜 이래!"

뜨끔했다. 안방에서 달그락 소리가 났다. 선생이 술병을 정리하는 것 같았다.

"죽든 말든 알아서 해! 난 도약할 거니까 이젠 상관없어."

얼굴 시뻘게져 눈물 줄줄 흘리는 잭스는 이제껏 본 적이 없었다.

"……화목한 가족 찾아낼 거야."

어쩌다 남의 가정사에 끼어들어 뻘쭘했다. 잭스가 도약할 계획이라는 소식만은 흥미로웠다. 어디로 도약할까? 혹시 RLA에 가입했을까? 충동적인 성격에 대책 없이 막 사는 잭스에겐 급진적 도약이 어울리긴 하지. 아내와 딸에 이어 아들에게도 버려지는 선생을 관찰하다 보니 단물 다 빠진 껌 계속 씹어 턱 아프단 걸 이제 안 듯 김 빠졌다. 마천루 55에 머문다 해서 56에서의 삶이 곧바로 헛되게 느껴지진 않았으나 도약 체험의 영향이 아예 없다곤 말 못 하겠다. 선생도 가짜, 밍키도 가짜라면? 가짜가 가짜를 성추행했다면?

도약 체험 마지막 날, 털보는 유리 딜도 껴안곤 영원히 같이 살자며 울고불고 난리였다. 로봇에 포피 소대 문지르는 게 밍키 엉덩이보다 좋았나? 그럼 로봇 애인이나 사귀지 싶어 섭섭하고 괘씸했다.

"밍키야…… 나 이번에 깨달았어……"

털보가 흐느끼며 말했다. 눈물보다 콧물이 더 많이 흘렀다.

"널 좋아하게 된 건…… 외모 때문이었어……"

"아, 그래요? 이해해요."

"이젠 네가 어떤 모습이든…… 사랑해."

무릎 꿇은 털보 자세가 꼭 프러포즈 앞둔 예비 신랑 같았다.

"아저씨, 콧물 그만 먹어요."

"미안, 나 바보 같지……?"

"네, 바보 같아요, 정말."

"이번처럼 넌 정신만 오면 돼. 나머진 내가 다 알아서 할게. 응? 약속해. 여행사 통하면 다른 마천루로 터전 옮기는 건 식은 죽 먹기야. 분갈이랑 비슷해. 여행사에서 집이면 집 물건이면 물건 다 처분해주고, 돈도 송금해주고, 이삿짐도 보내주고, 주민등록 이전 신청도 해주고……"

체험이 종료돼 56으로 넘어오는 바람에 그의 말을 끝까지 듣지 못했다. 그가 고백한 사랑은 부모의 사랑, 친구의 사랑, 선생의 사랑과 어떻게 다를지 궁금했다.

### 2074년 10월 7일 일요일

선생이 운동기구에 목매달아 자살했다. 집은 먼지 한 톨, 머리카락 한 올 없이 정갈했다 상옥에게 들었다. 잭스는 선생 시신의 최초 목격자였다. 반찬 배달 그만둘 생각이 없었나 보다. 현장에서 기절해 응급실에 실려 가 겨우 안정을 찾았다 했다. 장례식장 빈소 찾은 제자들이 상옥과 얼싸안고 통곡하는 장면을 촬영하려다 말았다. 은사님이 정신병 걸린 모 학생 모임의 중상모략에 빠져 돌아가셨다 헛다리 짚는 그들을 인터뷰하려다 말았다. 설마 타르 게임이 선생을 죽음으로 내몰았나? 벼랑 끝에 선 선생을 톡톡 두드려 중심 잃게

했나? 그의 죽음에 일조해 자랑스러워해야 할까? 내 고통은 변함없는데 선생 고통은 벌써 끝나 아쉬워해야 할까? 선생은, 목 졸리는 순간까지도 억울했을까.

**2074년 10월 31일 수요일**

아키비스트는 어지럽게 흩어진 자료엔 질서를, 개인의 삶엔 인과관계를 부여하는 직업으로, 타인을 향한 애정에 기초하되 아카이브 대상인 인간과 너무 가까워져도 멀어져도 안된다.

퇴사한 지 2년 만에 외주 의뢰받은 마당에 신입 사원 때 달달 외운 원칙을 되새겼다. 말이 쉽지 무엇이 옳은 아카이브인진 아직도 모르겠다. 고인에 대한 존중을 바탕으로…… 객관성을 최대치로 확보한…… 나와 직장 상사, 유족을 한꺼번에 만족시키는 아카이브? 원론적인 얘긴 때려치우고 내가 왜 체육 선생 삶을 갈무리하게 됐는지 설명해보겠다. 애초에 성범죄 이력이 있는 고인 아카이빙을 담당하려는 회사는 드물다. 회사 이미지가 나빠지는 걸 감수할 만큼 많은 액수를 의뢰인이 제시하지 않는 이상. 예의상 전남편 아카이브를 만들어주기로 결심한 상옥은 딸 반대를 무릅쓰고 내가 다닌 회사 대표에게 연락했다. 그는 대표가 선생 동창인 걸 알았다. 학연에 목숨 거는 대표는 학교 후배인 날 번뜩 떠올렸겠지. 그의 속내를 명확히 파악하긴 어렵지만, 멋지게 성장한 제자가 스승 은혜 갚는 그림을 대충 휘갈려본 듯했다. 상옥이 지불하기로 약속한 돈에 침 흘렸을 수도 있다. 난 아카이빙 의뢰를 거절할 이유가 없었다. 아키비스트로서 선생이 남긴 방대한 기록을 손에 넣을 법적 권한이 생기는데? 선생의 피상적인 특징을 조합해온 기존 작업 방식에 활기와 깊이를 더해줄 것이었다.

아키비스트 이름이 밍키라는 소식이 상옥, 지나를 거쳐 잭스 귀에도 들어가 한바탕 난리가 났다. 잭스는 피해망상에 사로잡힌 창놈 새끼에게 감히 아빠 평전을 쓰게 할 순 없다고래고래 고함쳤단다. 상옥과 통화했다.

"잭스, 괜찮을까요?"

"걱정할 거 없어요. 지가 반대하면 어쩔 거야. 아카이빙 의뢰할 돈도 없으면서."

"그럼…… 제가 선생의 탄생부터 죽음까지 어떻게 재구성할지 두렵지 않으세요?"

"전남편 얼굴에 먹칠할 거예요? 맘대로 해요. 괜찮아요. 내가 마음 정리했단 걸 확인하고 싶으니까. 매듭짓고 싶어."

상옥은 담배 연기 내뱉듯 길게 한숨 쉬었다.

"밍키 씨, 잘은 몰라도 고인 미워하는 아키비스트야말로 아카이브 적임자 아닐까요? 미움도 관심일 테고…… 미화 없이 냉철하게 평가해주겠죠."

그의 인생 전체를 성추행이라는 완고한 체로 걸러버리면 어떡하죠? 그렇게 하지 않을 자신이 없네요. 후회하실 거예요. 아카이빙 업무 일환으로 얻은 고인의 사적 정보를 허가 없이 외부에 공개하거나 다른 용도로 쓰지 말아야 한단 직업 윤리 지킬 거 같아요? 그에게 속마음 털어놓을까 봐 서둘러 전화 끊었다. 계약금 두둑이 받았으니 이판사판이었다.

*2015년 10월 5일생. 향년 59세.*

이른 아침, 선생 집에서 마스크와 장갑 착용해 유품 리스트에 넣을 물건을 일별했다. 대부분 첫 방문 때 유심히 봐둔 것들이라 수월했다. 가죽 앨범은 스캔 후 내가 갖기로 했다. 아카이빙 회사는 민간이든 아니든 실물 자료 간직할 여력이 없기에 디지털 아카이브 구축 후 공공 유품 보관소에 이관한다. 어차피 관계자가 열람하지 않는 한, 빛 한 점 못 본 채 방치될 거란 얘기다. 유품을 정리하다 보니 선생이 자신을 고상하고 결백한 교사로 포장하려 했음을 느낄 수 있었다. 교사 인생의 오점으로 남은 몸뚱어리를 깨끗이 없앰으로써. 내가 타르로서 남긴 흔적까지 지우진 못했지만. 그에게 선물했던 다육식물은 도로 집에 가져왔다. 티 없이 맑은 가을 날씨였다. 평화.

———————

존재하지 않는다고
일컬어지는,
그러나 언제나 존재하는

심완선(SF 평론가)

## 1. 무채색이 아닌, 회색

에드거 앨런 포의 시 「종The Bells」은 네 가지 색깔의 종소리를 묘사한다. 은색 종은 딸랑딸랑 즐겁게 울리며 크리스마스를 알린다. 결혼식에서 부드럽게 울려 퍼지는 금색 종소리는 사랑과 행복을 암시한다. 그러나 청동색의 시끄러운 놋쇠 종은 경보를 울리며 사람을 불안에 빠뜨린다. 마지막으로 검은빛의 철제 종은 장례식을 엄숙하게 뒤덮는다. 죽음을 나타내는 그 종소리는 우울하고 위협적인 음색으로 아직 살아 있는 사람을 공포에 떨게 만든다. 철제 종을 울리는 자는 "남자도 여자도 아닌, 짐승도 인간도 아닌" 구울의 왕이다.

구울은 묘지에 살며 인육을 먹는 괴물로 묘사된다. 좀비가 부두교에서 기인한다면 구울은 아랍의 민속 설화에 기반하는 언데드undead다. 이미 죽었으나 완전히 사라지지 않은, 산 자에게 영향력을 행사하지만 살아 있지는 못한, 그늘진 자리에 웅크린 모호한 존재다. 그들은 회색 지대에 속한다. 타고 남은 재처럼 완전히 희지도 검지도 못한 회색Gray은 무덤Grave, 구울Ghoul, 유령Ghost의 색이다. 잿빛 얼굴은 시체에게 어울린다.

영화 「플레전트빌」은 흑백영화의 회색조를 이용해 삶의 기쁨이 사라진 상태를 표현한다. 영화의 주인공인 쌍둥이는 흑백으로 방송되는 시트콤 〈플레전트빌〉의 세계로 우연히 빨려 들어간다. 쌍둥이 중 남자애인 '데이비드'는 〈플레전

트빌〉의 애청자이며 비사교적인 괴짜다. 여자애인 '제니퍼'
는 연애와 섹스처럼 감각적인 쾌감에 열광한다. 그들이 떨어
진 플레전트빌은 중산층이 모여 사는 화목하고 평화로운 분
위기의 마을이다. 다만 이상하게도 책장의 책은 모두 백지이
며, 마을 사람들은 섹스를 모른다. 감정 표현은 금지되어 있
다. 그들은 오로지 회색으로, 그림자의 농담으로 이루어진
무채색의 세상에 산다. 하지만 쌍둥이로 인해 육체적 · 감정
적 즐거움을 알고 나면 생동감 넘치는 컬러 영화의 세상으로
들어서게 된다. 회색 피부의 '무색인Uncolored'이던 사람이
다채로운 색깔의 '유색인Colored'으로 변한다.

　유감스럽게도 플레전트빌에 '유색인종Colored'은 하나도
없다. 마을 사람들은 모두 백인이다. 흑백으로든 컬러로든
그들은 비백인으로 분류되지 않는다. 아프리카계 미국인처
럼 비백인 집단이 들었던 경멸적인 의미의 '유색'은 여기에
존재하지 않는다. 마을 사람들은 진정으로 회색이었던 적도
없다. 회색은 무채색, 곧 색깔이 없는 상태로 취급된다. 회색
처럼 '비인간적'이고 '비정상적'인 색깔을 취하는 자들은 존
재를 부정당한다. 이에 관해 릴라 테일러는 『다클리—미국
고딕의 검은 영혼』(정세윤 옮김, 구픽, 2022)에서 자신이 부
정당했던 경험을 털어놓는다. 저자는 사무실에서 열리는 핼
러윈 파티에 참석하려고 특별히 회색으로 분장한 적이 있다.
「플레전트빌」의 '흑백영화' 사람들처럼 "머리부터 발끝까지
다양한 색조의 회색 옷으로 차려입고 화장도 회색으로 했다

(회색 파운데이션, 회색 아이섀도, 회색 립스틱……)"(p. 98).
다만 영화와 달리 그녀는 흑인이다. 그녀를 본 백인 동료가
다가와 낮은 목소리로 지적한다. "그 복장은 정치적으로 올
바르지 않아. [……] 핼러윈에 백인처럼 차려입고 왔잖아!"
저자는 당황하여 백인이 아니라 좀비 분장이라고 대답한다.
저자가 상정한 회색 캐릭터는 백인의 피부색을 얻을 예정이
없다. 산 사람 같지 않은 회색이 그에게는 올바른, 또 고유한
색이다. 저자는 의아해한다. "언제부터 회색이 인간의 보통
피부색이 되었나? 그 외에 대체 무엇이 그녀에게 '백인의' 것
으로 보여진 걸까?"(p. 99).

책 전반에 걸쳐 저자는 검은색과 흰색의 의미, 그리고 흑
인이 '고스'를 추구할 때의 어려움을 서술한다. 고스 패션은
죽음을 암시하는 강렬한 검은색이나 해골 장식이 대표적이
다. 고스족은 죽음과 공포를 선망한다. 저자 역시 몇몇 경우
를 제외하면 항상 검은 옷을 입는다. 하지만 실질적으로 고
스는 백인 중심의 문화로 발달했기에, 흑인이 고스를 추구하
면 백인을 선망한다는 혐의를 받는다. '흑인 고스'는 고스라
는 정체성과 더불어 자신의 인종적 정체성을 해명해야 하는
난관에 처한다.

옥타비아 버틀러의『쇼리』(박설영 옮김, 프시케의숲, 2020)
는 이런 어려움을 날려버리는 느낌을 준다. 버틀러는 오랫동
안 '유일하게 성공한 흑인 여성 SF 작가'라는 평을 들었다.
그리고 흑인, 여성, SF의 하이브리드가 어떻게 가능한지 탁월

한 사례를 제시했다. 『쇼리』는 본래 앤 라이스의 『뱀파이어와의 인터뷰』(1976)처럼 뱀파이어 로맨스로 쓸 생각이었다는데, 소설의 큰 줄기는 인종 청소에 해당하는 대량 학살과 주인공의 정체성 투쟁으로 흐른다.

주인공인 쇼리는 작중 뱀파이어에 해당하는 '이나'와 흑인 인간의 혼혈로 태어난 소녀다. 그녀의 가족에 해당하는 이나 공동체는 햇빛을 견디는 후손을 낳고자 노력을 기울였고, 마침내 태어난 쇼리는 짙은 피부 덕분인지 햇빛에 강한 저항력을 보인다. 보통의 새하얀 이나와 달리 그늘만 있다면 한낮에도 밖을 돌아다닌다. 가족 안에서 쇼리는 연구의 결정체이자 종족의 미래를 약속하는 소중한 아이다. 그러나 어떤 이나들에게 쇼리는 불결한 "깜둥이 잡종견 계집애"(p. 441)고, 절대로 이나가 될 수 없는데 이나 행세를 하는 괴물이다. 그들은 쇼리를 너무나 끔찍하게 여겨서 쇼리를 낳은 공동체를 통째로 학살한다.

학살 사건의 전말을 밝혀낸 쇼리는 범인을 이나 법정에 세운다. 배심원 역할을 맡은 이나들은 대체로 쇼리를 미심쩍게 여긴다. 쇼리가 온전한 이나인지 확신하지 못하겠다는 투다. 실제로 쇼리와 같은 이나는 없다. 쇼리가 태어났던 공동체의 구성원은 전부 세상을 떠났으므로, 쇼리는 어느 공동체에도 완전히 속하지 않는다. 쇼리가 가족에게 받았던 이름도 이제는 없다. 그래도 쇼리는 자신이 이나로서 부족하다고 여기지 않는다. 그녀는 혼혈이라 더욱 강력하고, 새로운 공동체를 꾸려 동족을 늘릴 능력이 있다. 쇼리의 피부색은 이나 집단을 점점 물들일 것이다. 흰색도 검은색도 아닌 모호한 모습으로.

더불어 듀나의 『제저벨』(읻다, 2023)에는 회색이 '진짜'인 유쾌한 대목이 있다. 화자는 영화배우 프레드 애스테어와 빼닮은 자기 모습을 이렇게 표현한다. "말이 나왔으니 하는 말인데, 진짜 프레드 애스테어도 나만큼 프레드 애스테어 같아 보인 적이 없을걸. 나는 〈스윙 타임〉의 필름에서 막 뛰쳐나온 것처럼 피부가 회색이지"(p. 13). 인간의 범위를 현재 현실과 같은 지구인으로 한정한다면 그는 확실히 인간이 아니다. 흑백영화 같은 회색은 그가 타고난 색깔이다. 그리고 작중 세상에서 이는 비정상적인 모습이 전혀 아니다. 정상의 기준으로 삼을 만한 고정된 형태가 사라졌기 때문이다. 작중 세상에는 테디 베어부터 우주선까지 제각각의 형체가 살아 움직인다. 기존의 정상적인 인간과 똑같은 방식은 아니더라도.

## 2. 음영, 유스토피아의 모습

그림자는 정오에 가장 짧고 짙다. 햇빛이 수직으로 강하게 내리쬐기 때문이다. 김혜빈의 「순환 순수 역학」에서 화자는 인류의 생존을 위해 애쓰는 '란희'가 앞으로도 환하게 빛나도록 뒷받침하고자, 자신은 짙은 어둠이 되겠다고 자처한다.

화자가 어두운 갈망과 집착을 강렬하게 품을수록 그녀는 외계의 침략자들을 포집하는 곤충망이 된다. 사람들 앞에 나서는 란희와는 반대의 위치를 택했을지라도 화자와 란희의 행보는 밀접하게 이어진다. 화자는 란희에게 바짝 달라붙은 그림자다. 여기서 빛과 어둠은 서로를 강화한다.

반면 빛이 선명하지 않으면 그림자를 분별할 수 없다. 땅거미가 지는 어둑어둑한 시간이면 그림자는 사방으로 풀려난다. 야누쉬 자이델의 『그림자로부터의 탈출』(정보라 옮김, 아작, 2019) 속 사람들은 그림자에 뒤덮여 고통받는다. 작중 인류는 프록시마에서 왔다는 외계인 '프록스'에게 광범위한 통제를 받는 중이다. 일전에 인류가 외계의 침략에 맞닥뜨렸을 때 그들은 홀연히 나타나 적을 대신 물리쳤다. 인류는 그들의 자비와 은혜에 감사를 표하며 기꺼이 그들을 환대했다. 혹은 환대하는 태도를 보여야 했다. 프록스 체제가 도래한 후로 옳고 그름은 명백해졌다. 프록스가 빛이고 진리이며 이정표다. 동의하지 않는 사람들, 지시에 따르지 않는 사람들은 어느 날 갑자기 사라진다. 프록스 체제에서 자란 '팀'은 사회 및 규칙에 대한 모든 설명이 자명하고 자연스럽다고 여긴다.

모든 것은 정확히 팀이 예상했던 것과 똑같았다. 오래전부터 어른들이 팀에게 가르쳐 주었던 것들을 모두 사실이었다. 팀은 그럴 줄 알고 있었다. [……] 모든 것은 아주 분명했고

일관성이 있었으며 질서정연했고 영구적이며 반복적이었다. 그것은 안정적이라는 느낌을 주었고 그러므로 안전하게 느껴졌다. 그것은 유일하게 가능하고 유일하게 적절했으며 대안은 없었다. 당연했다. (p. 22)

이에 따르면 개미는 세상에 존재한 적이 없다. 혹여 숲에 가면 머리, 가슴, 배로 이루어진 더듬이 달린 조그만 곤충이 무리 지어 집을 짓는 모습을 쉽게 볼 수 있더라도, 개미는 공식적으로 존재하지 않는다. 달걀은 맛이 없어서 먹을 수 없다. 달걀은 결코 프록스가 타는 기계장치와 모양이 닮아서 금지된 것이 아니다. '국가'를 없애고 지구 전체를 표준화된 구역으로 재편한 것은 인구 관리에 매우 유용한 정책이었다. 구역별 경계마다 레이저포를 탑재한 감시탑이 배치된 것도 자연스럽다. 국경을 지켜야 하기 때문이다. 팀이 다니는 학교에서는 그렇게 가르친다.

하지만 어른들은 믿을 만한 사람끼리 모였을 때는 다른 말을 한다. 프록스는 숭배할 만큼 위대하지 않다. 그것들은 사실 순찰대보다 깡패처럼 행동한다. 꿀이나 향정신성 버섯을 보면 마음대로 탈취하고, 버섯에 취해서 비틀거리다 아무 데나 쓰러지기도 한다. 그들이 군림하는 한 인간은 무엇이 밝고 어두운지 모호해지는 어둑어둑한 시간을 살아야 한다. 어떤 어른들은 프록스의 감시를 무릅쓰고 과학적 탐구를 이어간다. 프록스의 정체가 뭔지, 약점은 어디인지, 빈약한 정보라도 긁어모아 가설을 세우고 검증하는 작업을 반복한다. 프록스가 드리우는 그림자가 그리 거대하지 않다는 사실을 명확히 밝히고자 한다.

흥미롭게도 이들 반체제 모임은 개기일식 때 승기를 잡는다. 프록스는 신체 특성상 언제나 빛을 필요로 한다. 일식을 예상치 못한 프록스들은 갑작스러운 어둠 아래 줄줄이 쓰러진다. 한낮의 어둠은 재앙의 징조가 아니라 기회로 작용한다. 인간이 허상을 벗기고 프록스의 실체에 접근하는 순간, 그림자의 경계가 분명해지는 순간이다.

물론 프록스의 거짓말에는 3할의 진실이 들어 있다. 사람들은 덜 굶게 됐다. 범죄에 덜 노출되고 적어도 겉으로는 평화롭게 지낸다.『그림자로부터의 탈출』은 분명 디스토피아 소설이고, 잘 만든 디스토피아답게 일정량의 유토피아가 들어 있다. 현실을 반영하는 물그림자로서 유토피아/디스토피아는 결코 완전히 좋지/나쁘지 않다. 유토피아 문학의 작가는 현실의 문제를 비판하면서 자신이 보기에 이상적인 부분을 극대화한 사회를 고안한다. 하지만 결코 모델이 되는 안티 유토피아의 흔적을 지우지 못한다. 반대로 디스토피아 문학은 어두운 하늘이 별빛을 가시화하듯, 그곳에 내포된 유토피아의 형체를 드러낸다. 디스토피아는 유토피아로 향하던 사회가 부작용을 일으킨 모습이라는 말은 그런 점에서 사실이다.

그래서 어슐러 K. 르 귄은 완성되지 않은, 변동을 약속하는 세상을 제시한다. 유동하는 사회는 유토피아로 고정되지 않는다. 디스토피아로 귀결하지도 않는다.『어둠의 왼손』(최용준 옮김, 시공사, 2014)에 등장하는 게센 행성 사람들은 빛과 어둠이 순환하는 상태를 조화롭게 여긴다. 그들의 노래에 따르면 빛은 어둠의 왼손이고, 어둠은 빛의 오른손이다. 둘은 하나이며 삶과 죽음은 함께 있다. 빛도 어둠도 식별하기 어려울 정도로 모호하게 뒤섞인『그림자로부터의 탈출』과 달리『어둠의 왼손』은 빛과 어둠이 자기 이름을 유지한다. 밀접하게 맞물린 음양의 순환은 소설 속 개인들에게 독특한 그림자를 형성한다.

게센인은 지구인과 달리 성별이 고정되어 있지 않다. 평소에는 성별이 따로 없고 발정기에 해당하는 특정 기간에만 성적 특징을 지닌 몸으로 변한다. 그들에게 지구인 남성인 '겐리 아이'는 언제나 발정기 상태에 항상 남성 몸을 고집하는 수상한 인물이다. 반대로 겐리는 그들을 어떻게 대우할지(남자처럼? 여자처럼?) 혼란스러워한다. 하지만 게센의 에스트라벤과 절친해진 후에는 남자일 수도, 여자일 수도 있는 그 사람 자체를 바라보게 된다. 이분법처럼 명쾌하게 판가름 나지는 않지만 그래서 더욱 진실된 깨달음이다. 게센의 방식을 익힌 그는 오히려 성별이 고정된 지구인의 모습을 불편하게 느낀다.

흔히 어둠은 빛이 부재한 상태라고, 어둠 자체는 실체가 없다고 여긴다. 하지만 회색이 무채색이 아니라 분명히 존재하는 색이었듯이, 어둠도 그저 '없음'이 아니다. 어둠에도 위치가, 움직임이, 속도가 있을지 모른다. 엘리자베스 문의 『어둠의 속도』(정소연 옮김, 푸른숲, 2021)는 빛과 어둠, 합리와 미지의 관계를 말한다. "어둠은 빛이 없는 곳이죠. 빛이 아직 도착하지 않은 곳이요. 어둠이 더 빠를 수도 있어요. 항상 먼저 있으니까요"(p. 131).


### 3. 나의 실루엣

그림자가 만들어지려면 빛과 어둠의 상호작용 외에도, 그림자의 원본이 될 객체가 필요하다. 나의 그림자는 원본인 나의 모습을 따라 만들어진다. 내가 빛-어둠의 세상에 속하는 한 나에게는 내가 책임져야 할 그림자가 붙는다. 『어둠의 왼손』의 게센에서는 '그림자'를 책무와 유사한 의미로 사용한다. "사람은 각자가 자신의 그림자를 드리워야 하는 법"(p. 48)이다. 그들에게 있어 그림자는 이름만큼이나 고유한 것, 사람으로서 자연스럽게 짊어진 것이다. 이는 일찍이 아델베르트 폰 샤미소가 『그림자를 판 사나이』(1814)에서 묘사한 바와 유사하다. 금화가 무한히 솟는 주머니를 얻고자 그림자를 대가로 지불한 주인공은 막대한 부에도 불구하고 사람대접을 받지 못한다. 어딜 가든 사람들은 그림자도 없는 자를 어떻게 믿겠느냐며 그를 온전한 사회 구성원으로 대하지 않는다. 주인공은 죽을 때까지 인간 사회에 자리 잡지 못한다.

이는 융 심리학에서 말하는 그림자의 역할을 연상시킨다. 여기서 그림자는 자아가 의식적으로 식별하지 못하는 무의식 측면의 성격을 말한다. 내가 원하든 원치 않든 내게 깃든, 알든 모르든 나라는 사람을 이루는 요소다. 만일 의식적으로 행하는 일상생활에서 나를 밝게 연출하려 하면 내면에 있는 그림자는 검어지고 어두워진다. 반면 자신의 그림자를 억지로 지우지 않고 겸허하게 받아들인 사람은 안정된 상태를 유지한다. 어슐러 K. 르 귄의 『어스시의 마법사』(이지연 옮김, 황금가지, 2006)에서 주인공 '게드'는 금지된 주문을 외워 그림자가 세상에 풀려나도록 만든다. 그림자는 위험하다. 그는 책임지고 그림자를 뒤쫓는다. 게드가 그림자에 맞서려면 먼 바다까지 홀로 나아가야 한다. 섬에서 멀어질수록 그가 배웠던 마법은 쓸모없어진다. 하늘의 모습이 변하고 별의 이름이 달라지듯 마법의 방식도 바뀌기 때문이다. 게드는 홀로, 그리고 마법으로 무장하지 못한 채로 그림자를 마주한다. 그리고 그림자를 붙들기 위해 그것에게 자신의 이름을 붙인다. 자신과 싸울 때는 승리도 패배도 없다. 게드는 그림자에 자기 이름을 부여함으로써 자신을(혹은 그림자를) 온전하게 만든다. 자신도 모르던 자신의 모습을 받아들였으니 그는 앞으로 중심을 잃고 흔들리거나 현혹되지 않을 것이다. 김이환의 「두번째 선악과」 속 화자가 내면에서 생겨난 보조 인격을 만

나는 것도 비슷한 경험으로 보인다. 비록 보조 인격이 수면 아래로 용해되었더라도 화자는 그가 그림자처럼 함께한다고 느낀다.

그렇다면 나의 그림자는 얼마나 멀리 떠날 수 있을까. 내 모습에서 얼마나 변형될 수 있을까. 해도연의 「오 마이 크리스타」는 도플갱어의 서사를 취한다. 사람들은 자신이 원본이고 도플갱어가 가짜이며 괴물이라고 생각한다. 도플갱어 서사의 공포는, 그쪽이 진짜의 위치에 서고 자신이 사기꾼으로 드러나는 순간에 온다. '크리스'의 인생은 알고 보니 무언가의 그림자에서 파생된 작은 조각에 불과하다. 그녀의 인생은 허구가 아니지만, 압도적으로 광막한 우주와 그 너머의 불가해한 초월자 앞에서는 의미가 사라진다. 그녀는 그림자 조각으로 돌아감으로써 진실의 편린을 본다.

반면 이종산의 「그림자의 여행」은 어디에도 가지 못하는 이야기다. 작중에는 자신의 그림자를 여행시킬 수 있는 앱이 등장한다. 그림자 사진을 입력하면 그때부터 사용자의 형태와 위치를 반영한 그림자 모양이 알아서 움직이기 시작한다. 비록 어설픈 실루엣일지라도 사용자는 자기가 보낸 녀석이 이동하고 먹고 쉬는 모습을 구경할 수 있다. 화자는 도시 속 쳇바퀴에서 오도 가도 못 하는 자신과 달리 그림자가 여행을 만끽하길 바란다. 하지만 그림자의 여행에도 돈이 필요하다. 원본인 화자처럼 그림자가 자기 세상에서 사람답게 존재하려면 비용을 지불해야 한다. 화자는 그림자에게 환상적인 여행을 위탁했지만 그림자가 취하는 모습은 고작해야 자신이다. 더욱이 그림자는 자기 세상을 두고 화자의 세상에(그림자 입장에서는 그림자 세상일 곳에) 도착한다. 기껏해야 화자가 있는 곳이다. 그림자와 마주하더라도 그럴듯한 변화는 일어나지 않는다. 마법 같은 합일은 없다. 진짜가 아니라 앱에서 구매한 그림자이기 때문일까. 비용을 많이 지불할 수 있었다면 뭔가 달랐을까. 소설의 마지막에 화자는 쓰러져 잠들고 그림자는 다시 여행을 떠난다. 둘은 갈라진 채로 더욱 멀어진다. 아마도 둘 다 그만큼 간절하게 다른 곳으로 떠나고 싶기에, 그러나 자신을 쪼개지 않고는 쳇바퀴를 떠나는 체험조차 할 수 없기에. 하지만 그것은 얼마나 가짜일까?

돌기민의 「끈끈이」에서는 가상현실을 통해 세상을 그림자처럼 반영하는 다른 세상을 찍어낼 수 있다. 심지어 아바타를 만들어 다른 세상으로 갈 수도 있다. 다만 아바타에는 그림자가 생기지 않는다. 그곳에 속하지 못한 이방인이라는 티가 난다. 그곳을 진짜처럼 느끼더라도 이방인은 그림자를 드리울 만큼의 실체를 얻지 못한다. '밍키'는 계속 자신의 세계인 '66번'에 있으면서도 세상과 타협점을 찾지 못한 듯 거듭해서 시뮬레이션 세계를 제작한다. 과거의 경험에 온갖 변수를 적용해 가상의 과거를 만드는 시뮬레이션이다. 물론 그를 강간했던 '선생'의 실체는 시뮬레이션 안에 없다. 66번 세계의 선생은 시체가 되었다. 선생의 육체에는 더 이상 폭력을 가할 수 없다.

빈번히 분노하고 욕하고 섹스하는 한편 시뮬레이션으로 욕망을 표출하는 밍키는 또 다른 존재 방식을 경험한다. 자신을 사랑하는 '털보'의 초대로 그의 세상에서 육체를 얻는 것이다. 비록 깡통 로봇의 몸이지만 한동안 그는 다른 세상에 실재하여 생활한다. 그곳에는 몸과 그림자와 자신을 사랑한다는 사람이 있다. 어차피 65번이든 66번이든 1번 세계의 시뮬레이션에 불과할지라도 삶의 경험은 진짜나 다름없다. 그리고 아키비스트로 일하는 밍키는 유가족에게서 선생의 생을 아카이빙해달라는 의뢰를 받는다. 고인의 자료를 모두 모아 연표와 전기 등을 포함한 디지털 아카이브를 만드는 일이다. 재료는 실제 삶이지만 일의 성격은 시뮬레이션 제작과 유사하다. 아카이브는 시뮬레이션처럼 인공적으로 조립된다. 하지만 세계 자체가 커다란 시뮬레이션인 곳에서 원본과 그림자를 얼마나 명확히 구별할 수 있을까. 그림자는 가상현실만큼 '진짜'다. 물리적으로 존재하지 않아도 엄연히 실재한다. 밍키는 선생의 실루엣을 주물러 원본에 개입할 기회를 얻는다.

도플갱어는 마치 일렁이는 그림자처럼 형태가 고정되어 있지 않은 괴물이다. 그래서 도플갱어는 타자의 모습을 취해 이름을, 자리를, 정체를 확보한다. 그러기 전에는 '살아 있다'고 하기 어렵다는 점에서 언데드와 유사한 면이 있다. 생명체로 인정받지 못하는 언데드, 무색uncolored으로 취급받는 회색, 이질적이라는 이유로 거부당하는 이상한 존재들. 이들은 그림자의 땅에서 실체를 갖춘다. 그림자의 그늘에서 존재의 향연을 벌인다. 이들의 소속은 원본과 상호 보완적으로 혹은 필수 불가결하게 맞물린, 빛과 어둠이 있는 한 결코 지워버릴 수 없는 영역이다.